7xp

import you

D0764942

EL BARCO DE VAPOR

Hoyos

Louis Sachar

Traducción de Elena Abós

Primera edición: octubre 1999
Quinta edición: agosto 2002

Dirección editorial: María Jesús Gil Iglesias
Colección dirigida por Marinella Terzi
Traducción el inglés: Elena Abós
Imagen de cubierta: Alfonso Ruano

Título original: *Holes*
© Louis Sachar, 1998
© Ediciones SM, 1999, 2001
    Joaquín Turina, 39 - 28044 Madrid

Comercializa: CESMA, SA - Aguacate, 43 - 28044 Madrid

ISBN: 84-348-7860-7
Depósito legal: M-29117-2002
Preimpresión: Grafilia, SL
Impreso en España / *Printed in Spain*
Imprenta SM - Joaquín Turina, 39 - 28044 Madrid

*A Sherre, Jessica, Lori, Kathleen y
Emily.*

*Y a Judy Allen,
profesora de quinto de primaria,
de quien todos podemos aprender.*

PRIMERA PARTE

PRÓXIMA PARADA: CAMPAMENTO LAGO VERDE

1

En el Campamento Lago Verde no hay ningún lago. Antes había uno muy grande, el lago más grande de todo Texas. Pero de eso hace más de cien años. Ahora es sólo una llanura de tierra reseca.

También había un pueblo en Lago Verde. El pueblo se marchitó y se secó junto con el lago y la gente que vivía allí.

En el verano, durante el día, la temperatura ronda los 35 grados a la sombra, si es que encuentras una sombra. En un enorme lago seco no suele haber mucha sombra.

Sólo hay dos árboles, dos viejos robles, en la orilla este del «lago». Entre los dos árboles hay tendida una hamaca, y, detrás, una cabaña de troncos.

Los campistas tienen prohibido tumbarse en la hamaca. Pertenece a Vigilante. La sombra es suya.

En el lago, las serpientes de cascabel y los escorpiones encuentran sombra bajo las rocas y en los hoyos que cavan los campistas.

Más vale recordar esta regla sobre las serpientes y los escorpiones: Si tú no los molestas, ellos no te molestarán a ti.

Normalmente.

Que te muerda un escorpión o incluso una serpiente de cascabel no es lo peor que te puede pasar. No te mueres.

Normalmente.

A veces un campista intenta que le muerda un escorpión, o incluso una serpiente de cascabel pequeña. Así consigue pasar uno o dos días recuperándose en la tienda, en lugar de tener que cavar un hoyo en el lago.

Pero que te pique un lagarto de pintas amarillas no es buena idea. Es lo peor que te puede pasar. Morirás una muerte lenta y dolorosa.

Siempre.

Cuando te muerde un lagarto de pintas amarillas, si te apetece puedes ir a la sombra de los robles y tumbarte en la hamaca.

Total, ya no te pueden hacer nada.

2

PROBABLEMENTE el lector se estará preguntando: ¿Por qué iría la gente al Campamento Lago Verde?

La mayoría de los campistas no tuvieron elección. El Campamento Lago Verde es un campamento para chicos malos.

Si coges un chico malo y lo pones a cavar un hoyo todos los días bajo el sol abrasador, se convertirá en un chico bueno.

Eso pensaban algunos.

Stanley Yelnats pudo elegir. El juez le dijo: «Puedes ir a la cárcel o al Campamento Lago Verde».

Stanley venía de una familia pobre. Nunca había ido de campamento.

3

STANLEY Yelnats era el único pasajero del autobús, sin contar al conductor y al policía. El policía estaba sentado junto al conductor con el asiento vuelto de cara a Stanley. Tenía un rifle sobre las piernas.

Stanley iba unas diez filas más atrás, esposado al reposabrazos. Su mochila estaba en el asiento de al lado. Contenía cepillo y pasta de dientes y un estuche de material de escritura que le había dado su madre. Le había prometido escribir al menos una vez a la semana.

Miró por la ventanilla, aunque no había mucho que ver, aparte de los campos de heno y algodón. Un largo viaje en autobús hacia ninguna parte. No había aire acondicionado y el aire caliente y pesado era casi tan sofocante como las esposas.

Stanley y sus padres habían intentado disimular, fingiendo que sólo se iba de campamento por una temporada, como los niños ricos. Cuando Stanley era más pequeño, solía jugar con animalitos de peluche e imaginaba que estaban de campamento. El Campamento Diversión y Juegos, lo llamaba. A veces los ponía a jugar al fútbol con una canica. Otras, celebraban una carrera de obstáculos, o hacían *puenting* desde la mesa, atados con gomas elásticas rotas. Ahora Stanley intentó imaginar que iba al Campamento Diversión y Juegos. Quizá hiciera algunos amigos. Al menos, podría nadar en el lago.

En casa no tenía amigos. Estaba bastante gordo y los chicos del colegio solían burlarse de él por su corpulencia. A veces incluso sus profesores hacían comentarios crueles sin darse cuenta. En su último día de clase, la profesora de Matemáticas, la señora Bell, estaba explicando las proporciones y, a modo de ejemplo, escogió al chico más pesado y al más ligero de la clase y les hizo pesarse. Stanley pesaba tres veces más que el otro chico. La señora Bell escribió la proporción en la pizarra, 3:1, sin percatarse de la vergüenza que les había hecho pasar a los dos.

Stanley fue arrestado aquel mismo día.

Miró al policía que estaba desplomado en su asiento y se preguntó si estaría dormido. Como llevaba gafas de sol, Stanley no le veía los ojos.

Stanley no era mal chico. Era inocente del delito por el que lo habían condenado. Simplemente estaba en el lugar equivocado en el momento equivocado.

¡Y todo por su tatarabuelo-desastre-inútil-ladrón-de-cerdos!

Sonrió. Era una broma de familia. Cuando algo salía mal, siempre le echaban la culpa al tatarabuelo.

Se decía que su tatarabuelo le había robado un cerdo a una gitana que tenía una sola pierna, y ella le había echado una maldición a él y a todos sus descendientes. Stanley y sus padres no creían en maldiciones, claro, pero cuando algo salía mal daba gusto poder echarle la culpa a alguien.

Y las cosas salían mal muchas veces. Parecían estar siempre en el sitio equivocado en el momento equivocado.

Miró por la ventanilla hacia la desolada inmensidad, contemplando el sube y baja del cable telefónico. En su mente oía la ronca voz de su padre cantándole suavemente:

«Ojalá, ojalá», suspira el pájaro carpintero,
«la corteza del árbol fuera un poco más tierna»,
mientras el lobo espera, hambriento y solitario,
llorándole a la luuuuuuuuuuuuna.
«Ojalá, ojalá.»

Era una canción que su padre solía cantarle. Tenía una melodía dulce y triste, pero la parte favorita de Stanley era cuando su padre aullaba la palabra «luna».

El autobús cogió un bache y el policía se enderezó, despierto al instante.

El padre de Stanley era inventor. Para ser un inventor con éxito hacen falta tres cosas: inteligencia, perseverancia y un poquito de suerte.

El padre de Stanley era muy listo y tenía un montón de perseverancia. Cuando empezaba un proyecto, trabajaba en él durante años, a veces pasándose varios días seguidos sin dormir. Pero no tenía ni pizca de suerte.

Cada vez que fallaba un experimento, Stanley le oía maldecir a su tatarabuelo.

El padre de Stanley también se llamaba Stanley Yelnats. El nombre completo de su padre era Stanley Yelnats III. Nuestro Stanley es Stanley Yelnats IV.

A todos en la familia siempre les había gustado que «Stanley Yelnats» se escribiera igual de delante atrás que de atrás hacia delante, por eso siempre le ponían Stanley a sus hijos. Stanley era hijo único, como todos los Stanley Yelnats anteriores.

Y había otra cosa más que todos ellos tenían en común. A pesar de su malísima suerte, nunca perdían la esperanza. Y, como decía siempre el padre de Stanley, «del fracaso se aprende».

Pero quizá aquello también fuera parte de la maldición. Si Stanley y su padre no conservaran siempre las esperanzas, no les dolería tanto cada vez que sus esperanzas acababan pisoteadas en el suelo.

«No todos los Stanley Yelnats han sido unos fracasados», decía a menudo la madre de Stanley, cuando su marido o su hijo se sentían tan abatidos que empezaban a creer en la maldición. El primer Stanley Yelnats, el bisabuelo de Stanley, había hecho una fortuna en la bolsa. «No pudo haber tenido tan mala suerte.»

En aquellos momentos se le olvidaba mencionar la mala ventura que le acaeció al primer Stanley Yelnats. Perdió toda su fortuna cuando se trasladaba de Nueva York a California. Su diligencia fue asaltada por la forajida Kate «Besos» Barlow.

De no haber sido por eso, la familia de Stanley estaría viviendo en una mansión en la playa de California. En cambio, vivían apiñados en un apartamento pequeñísimo que olía a goma quemada y a pies.

Ojalá, ojalá.

El apartamento olía así de mal porque el padre de Stanley estaba intentando inventar una forma de reciclar zapatillas de deporte. «La primera persona que les encuentre una utilidad a las deportivas viejas», decía, «será un hombre muy rico.»

Y precisamente este último proyecto fue el que condujo a la detención de Stanley.

El autobús avanzaba dando tumbos. La carretera ya no estaba pavimentada.

La verdad es que Stanley se quedó impresionado al enterarse de que su bisabuelo había sido asaltado por Kate «Besos» Barlow. Hombre, habría preferido vivir en la playa de California, pero de todas formas era una chulada que una salteadora famosa le hubiera robado a un pariente tuyo.

Kate Barlow no llegó a besar al bisabuelo de Stanley. Eso sí que hubiera sido genial, pero Kate sólo besaba a los hombres que mataba. En cambio, le robó y lo dejó abandonado en mitad del desierto.

«Tuvo *suerte* de haber sobrevivido», indicaba rápidamente la madre de Stanley.

El autobús aminoró la marcha. El policía gruñó estirando los brazos.

—Bienvenido al Campamento Lago Verde —dijo el conductor.

Stanley miró a través de la sucia ventanilla. No veía ningún lago.

Y tampoco había mucho verde.

4

CUANDO el policía le quitó las esposas y lo bajó del autobús, Stanley se sintió un poco aturdido. El viaje había durado más de ocho horas.

—Ten cuidado —le dijo el conductor.

Stanley no estaba seguro de si se refería a los escalones o a que tuviera cuidado en el Campamento Lago Verde.

—Gracias por el viaje —contestó Stanley. Tenía la boca seca y le dolía la garganta. Pisó la tierra marchita y dura. Alrededor de las muñecas, donde había llevado las esposas, se había formado una pulsera de sudor.

El terreno era yermo y desolado. Vio unos cuantos edificios con mala pinta y algunas tiendas de campaña. Un poco más lejos había una cabaña entre dos árboles altos. Aquellos árboles eran el único rastro de vegetación a la vista. Ni siquiera había malas hierbas.

El policía llevó a Stanley hacia un edificio pequeño. Delante había un cartel que decía CAMPAMENTO LAGO VERDE, CORRECCIONAL JUVENIL. Y, al lado, otro letrero informaba que iba en contra del Código Penal del estado de Texas entrar al recinto con pistolas, explosivos, armas, drogas o alcohol.

Al leer el cartel, Stanley no pudo evitar pensar: «Vaya, ¡buah!».

El policía condujo a Stanley al interior del edificio, donde recibió con alivio una oleada de aire acondicionado.

Había un hombre sentado con los pies encima de la mesa. Cuando Stanley y el policía entraron, volvió la cabeza, pero por lo demás no se movió. Aunque estaba bajo techo, llevaba gafas de sol y un sombrero vaquero. También tenía en la mano una lata de refresco y, nada más verla, Stanley fue más consciente de la sed que tenía.

Esperó mientras el policía del autobús le daba al hombre unos papeles para firmar.

—Vaya montón de pipas —dijo el policía.

En el suelo, cerca de la mesa, Stanley vio un saco de arpillera lleno de pipas de girasol.

—Dejé de fumar el mes pasado —dijo el hombre del sombrero vaquero. Tenía en el brazo un tatuaje de una serpiente de cascabel, y cuando firmaba los papeles parecía que la serpiente se meneaba—. Antes fumaba un paquete al día. Ahora acabo con un saco de éstos a la semana.

El policía se rió.

Debía de haber una nevera pequeña detrás de la mesa, porque el hombre del sombrero sacó otras dos latas de refresco. Por un momento, Stanley imaginó que una sería para él, pero el hombre le dio una al policía e indicó que la otra era para el conductor.

—Nueve horas de ida y ahora otras nueve de vuelta —refunfuñó el policía—. Menudo día.

Stanley imaginó el largo y penoso viaje y sintió un poco de lástima por el policía y el conductor.

El hombre del sombrero vaquero escupió las cáscaras de pipas en una papelera. Luego rodeó la mesa y se acercó a Stanley.

—Me llamo señor Sir —dijo—. Cuando te dirijas a mí, debes llamarme así, ¿está claro?

Stanley vaciló.

—Mmm..., sí, señor Sir —dijo, aunque no creía que aquél fuera su nombre de verdad.

—No estás en un campamento de señoritas —dijo el señor Sir.

Stanley tuvo que quitarse la ropa delante del señor Sir para que comprobara que no llevaba nada escondido. Luego le dieron dos juegos de ropa y una toalla. Cada uno consistía en un mono naranja de manga larga, una camiseta naranja y calcetines amarillos. Stanley no estaba seguro de que los calcetines hubieran sido siempre amarillos.

También le dieron unas zapatillas de deporte blancas, una gorra naranja y una cantimplora de plástico duro que, desgraciadamente, estaba vacía. La gorra llevaba un trozo de tela cosido por detrás, para proteger el cuello.

Stanley se vistió. La ropa olía a detergente.

El señor Sir le dijo que debía utilizar un juego de ropa para trabajar y el otro para el tiempo libre. Se hacía la colada cada tres días. Entonces se lavaba la ropa de faena. La otra pasaba a ser la de trabajo y le daban ropa limpia para vestir en los ratos de descanso.

—Tienes que cavar un hoyo todos los días, incluyendo sábados y domingos. Cada hoyo debe medir un metro y medio de profundidad y un metro y medio de diámetro, tanto en el fondo como en la superficie. La pala te servirá para medirlo. El desayuno es a las cuatro y media.

Stanley debió de poner cara de sorpresa, porque

el señor Sir le explicó que empezaban temprano para evitar las horas más calurosas del día.

—Aquí nadie va a ser tu niñera —añadió—. Cuanto más tardes en cavar, más tiempo estarás al sol. Si encuentras algo interesante, debes informarme a mí o a cualquier otro monitor. Cuando termines, el resto del día es todo tuyo.

Stanley afirmó con la cabeza para mostrar que había entendido.

—Esto no es un campamento de señoritas —dijo el señor Sir.

Registró la mochila de Stanley y le permitió quedársela. Luego lo acompañó fuera, bajo el sol cegador.

—Mira bien a tu alrededor —dijo el señor Sir—. ¿Qué ves?

Stanley miró hacia la llanura desértica. El aire parecía sólido por el polvo y el calor.

—No mucho —dijo, y añadió enseguida—: señor Sir.

El señor Sir se rió.

—¿Ves alguna torre de vigilancia?

—No.

—¿Y vallas electrificadas?

—No, señor Sir.

—No hay ninguna valla, ¿verdad?

—No, señor Sir.

—¿Quieres escaparte? —preguntó el señor Sir. Stanley le devolvió la mirada, sin entender qué quería decir.

—Si te quieres escapar, adelante, empieza a correr. Yo no te lo voy a impedir.

Stanley no entendía a qué estaba jugando el señor Sir.

—Veo que estás observando mi pistola. No te

preocupes. No te voy a disparar —le dio un golpe-cito a la culata—. Esto es para los lagartos de pintas amarillas. No malgastaría una bala contigo.

—No me voy a escapar —dijo Stanley.

—Bien pensado —dijo el señor Sir—. De aquí no se escapa nadie. No nos hacen falta vallas. ¿Sabes por qué? Porque no hay ni una gota de agua en cien kilómetros a la redonda. ¿Quieres escaparte? En tres días serás pasto de los buitres.

Stanley vio unos chicos vestidos de naranja que se arrastraban hacia las tiendas cargados con palas.

—¿Tienes sed?

—Sí, señor Sir —respondió Stanley agradecido.

—Pues ya te puedes ir acostumbrando. Vas a te-ner sed durante los próximos dieciocho meses.

5

HABÍA seis grandes tiendas grises, cada una con una letra negra: A, B, C, D, E y F. Las cinco primeras tiendas eran para los campistas. Los monitores dormían en la F.

A Stanley le asignaron la tienda D. El señor Peraski sería su monitor.

—Mi nombre es muy fácil de recordar —dijo el señor Peraski mientras le daba la mano a Stanley a la puerta de la tienda—. Dos palabras sencillas: pera, esquí.

El señor Sir volvió a la oficina.

El señor Peraski era más joven que el señor Sir y no daba tanto miedo. Llevaba el pelo rapado tan corto que casi parecía calvo, y una espesa barba negra le cubría la cara. El sol le había abrasado la nariz.

—El señor Sir no es tan malo como parece —dijo el señor Peraski—. Está de mal humor desde que dejó de fumar. De quien tienes que preocuparte es de Vigilante. En realidad sólo hay una regla en el Campamento Lago Verde: No molestar a Vigilante.

Stanley asintió con la cabeza, como si hubiera entendido.

—Stanley, quiero que sepas que te respeto —añadió el señor Peraski—. Sé que has cometido errores graves en tu vida. Si no, no estarías aquí. Pero todos cometemos errores. Que hayas hecho cosas malas no significa que seas un mal chico.

Stanley asintió. Le pareció inútil tratar de explicarle al monitor que era inocente. Se imaginaba que todos dirían lo mismo. Y no quería que el señor Pera-esquí pensara que tenía mala actitud.

—Voy a ayudarte a cambiar tu vida —dijo su monitor—. Pero tendrás que colaborar. ¿Puedo contar con tu ayuda?

—Sí, señor —dijo Stanley.

El señor Peraski asintió y le dio una palmadita en la espalda.

Dos chicos, cada uno con una pala, se acercaban cruzando el recinto del campamento. El señor Peraski los llamó.

—¡Rex! ¡Alan! Venid aquí y saludad a Stanley. Es el nuevo miembro de nuestro equipo.

Los chicos miraron fatigados a Stanley.

Estaban sudando a chorros y tenían la cara tan sucia que Stanley tardó un momento en darse cuenta de que uno era negro y el otro blanco.

—¿Qué le ha pasado a Vomitona? —preguntó el chico negro.

—Lewis sigue en el hospital —contestó el señor Peraski—. No va a volver.

Les dijo a los chicos que se acercaran y le dieran la mano a Stanley, «como caballeros».

—Hola —farfulló el chico blanco.

—Este es Alan —dijo el señor Peraski.

—No me llamo Alan —protestó el chico—. Soy Calamar. Y este es Rayos X.

—Hola —saludó Rayos X. Sonrió y le dio la mano a Stanley. Llevaba gafas, pero estaban tan sucias que Stanley dudaba que viera algo con ellas.

El señor Peraski le dijo a Alan que fuera a la sala de recreo y trajera a los demás para presentarlos a Stanley. Luego lo llevó dentro de la tienda.

Había siete camastros, separados menos de medio metro entre sí.

—¿Cuál era el camastro de Lewis? —preguntó el señor Peraski.

—Vomitona dormía ahí —dijo Rayos X, dándole una patada al jergón.

—Muy bien, Stanley, éste será el tuyo —dijo el señor Peraski.

Stanley miró hacia el camastro y asintió. No le entusiasmaba especialmente dormir en el jergón que había pertenecido a un tal Vomitona.

A un lado de la tienda había siete cajones amontonados en dos pilas. La parte abierta de las cajas miraba hacia fuera. Stanley metió su mochila, su muda de ropa y la toalla en la antigua caja de Vomitona. Era la del suelo en la pila de tres.

Calamar volvió con otros cuatro chicos. El señor Peraski le presentó a los tres primeros como José, Theodore y Ricky. Ellos usaron para sí mismos los nombres Imán, Sobaco y Zigzag.

—Todos tienen motes —explicó Peraski—. Sin embargo, yo prefiero usar los nombres que les pusieron sus padres, los nombres por los que la sociedad los reconocerá cuando regresen a ella como miembros trabajadores y útiles.

—No es solo un mote —le dijo Rayos X al señor Peraski, señalando la montura de sus gafas—. Puedo ver en tu interior, Mami. Tienes un pedazo de corazón muy gordo.

El último chico no tenía nombre de verdad, o

no tenía mote. El señor Peraski y Rayos X le llamaban Zero.

—¿Sabes por qué se llama Zero? —preguntó el señor Peraski—. Porque no tiene nada dentro de la cabeza —dijo con una sonrisa y, juguetonamente, sacudió el hombro de Zero.

Zero no dijo nada.

—¡Y éste es Mami! —dijo un chico.

El señor Peraski sonrió.

—Si te sientes mejor llamándome Mami, Theodore, adelante —se volvió hacia Stanley—. Si tienes más preguntas, Theodore te ayudará. ¿Has oído, Theodore? Cuento contigo.

Theodore escupió un delgado hilo de saliva entre los dientes y los otros se quejaron de que había que mantener la «casa» limpia.

—Todos habéis sido novatos —continuó el señor Peraski— y sabéis lo que se siente. Confío en todos vosotros para que ayudéis a Stanley.

Stanley miraba al suelo.

El señor Peraski se fue y los chicos también fueron saliendo de la tienda, con las toallas y la muda de ropa. Stanley se sintió aliviado al quedarse solo, pero tenía tanta sed que le pareció que se iba a morir si no bebía algo enseguida.

—Eh, mmm..., Theodore —dijo, yendo detrás de él—. ¿Sabes dónde puedo llenar la cantimplora?

Theodore se dio la vuelta y agarró a Stanley por el cuello de la camisa.

—No me llamo Theodore —dijo—. Soy Sobaco.

Y tiró a Stanley al suelo. Stanley lo miró aterrorizado.

—Hay un grifo en la pared de la caseta de las duchas.

—Gracias..., Sobaco —dijo Stanley.

Stanley lo vio alejarse, sin entender en absoluto por qué habría gente que quería llamarse Sobaco.

De algún modo, ahora se sentía mejor al tener que dormir en el camastro del tal Vomitona. Quizá fuera una expresión de respeto.

6

STANLEY se dio una ducha, si es que eso se puede llamar ducha; cenó, si es que se puede llamar cena a lo que comió, y se fue a la cama, si es que se puede llamar cama a un camastro apestoso y áspero.

Debido a la escasez de agua, los campistas sólo tenían cuatro minutos para ducharse. Stanley tardó casi todo ese tiempo en acostumbrarse al agua fría. No había llave de agua caliente. Stanley se metía debajo del chorro y salía otra vez dando un respingo, volvía a meterse, y así hasta que el grifo se cerró automáticamente. No consiguió usar la pastilla de jabón, pero casi mejor, porque no habría tenido tiempo de enjuagarse.

La cena era una especie de guiso de carne con verduras. La carne era marrón y las verduras fueron verdes en su día. Sabía todo más o menos igual. Se lo comió y rebañó el plato con la rebanada de pan blanco. Stanley no era de los que se dejaban comida en el plato, supiese como supiese.

—¿Y tú qué hiciste? —le preguntó uno de los campistas.

Al principio Stanley no entendió a qué se refería.

—Te mandarían aquí por algo, ¿no?

—Ah —comprendió—. Robé un par de zapatillas de deporte.

A los otros chicos les pareció gracioso. Stanley

no sabía bien por qué. Quizá porque robar un par de zapatos no era nada comparado con los delitos de ellos.

—¿De una tienda o se las quitaste a alguien?

—Mmm..., ninguna de las dos cosas —contestó Stanley—. Eran de Clyde Livingston.

Nadie le creyó.

—¿Pies Dulces? —dijo Rayos X—. ¡Anda ya!

—Ni de broma —añadió Calamar.

Tumbado en la cama, Stanley pensó que la cosa tenía su gracia. Cuando juró que era inocente, nadie le había creído. Y ahora que admitía haber robado las zapatillas, tampoco se lo creían.

Clyde «Pies Dulces» Livingston era un famoso jugador de béisbol. En los últimos tres años había sido el jugador que había robado más bases de la liga. Además era el único en la historia que había conseguido cuatro jugadas triples en un solo partido.

Stanley tenía un póster suyo en la pared de su cuarto. Pero eso era antes. Ahora no sabía dónde estaba. La policía se lo había llevado para usarlo en el juicio como prueba de su culpabilidad.

Clyde Livingston también acudió al juzgado. A pesar de todo, cuando Stanley se enteró de que Pies Dulces iba a estar allí, se emocionó ante la perspectiva de conocer a su héroe.

Clyde Livingston declaró que aquellas eran sus zapatillas y que las había donado para recaudar dinero para un refugio de niños sin hogar. Dijo que no podía imaginarse que alguien pudiera ser tan horrible como para robarles a niños desvalidos.

Para Stanley, aquello fue lo peor. Su héroe pensaba que era un cochino ladrón.

Stanley intentó darse la vuelta en el camastro, y temió que se viniera abajo con su peso. Casi no cabía. Cuando por fin consiguió ponerse boca abajo, olía tan mal que tuvo que darse la vuelta otra vez y dormir boca arriba. Apestaba a leche agria.

Aunque era de noche, el aire seguía siendo caliente. Dos camastros más allá, Sobaco roncaba.

En su colegio, había un chulito llamado Derrick Dunne que solía atormentar a Stanley. Los profesores nunca se tomaron en serio las quejas de Stanley porque Derrick era mucho más bajo que él. A algunos profesores parecía hacerles gracia que un chico menudo como Derrick se metiera con uno tan grande como Stanley.

El día en que lo arrestaron, Derrick había cogido el cuaderno de Stanley y, después de haberle tomado un rato el pelo, lo tiró en el retrete del servicio de chicos. Cuando por fin consiguió sacarlo de allí, Stanley había perdido el autobús y tuvo que volver andando a casa.

Iba caminando con el cuaderno mojado, pensando que tendría que pasar los apuntes a limpio, cuando cayeron del cielo las zapatillas.

—Iba hacia mi casa y las zapatillas cayeron del cielo —le dijo al juez—. Una me dio en la cabeza.

Y además le había hecho daño.

La verdad es que no habían caído exactamente del cielo. Iba caminando debajo de un puente de la autopista cuando un zapato le golpeó en la cabeza. Stanley lo tomó como una especie de señal. Su padre estaba intentando encontrar una forma de reciclar zapatillas viejas, y de repente le caían encima un par de deportivas, aparentemente salidas de la nada, como un regalo de Dios.

Por supuesto, no tenía ni idea de que pertenecían a Clyde Livingston. De hecho, aquellas zapatillas no tenían nada de dulces. El dueño, quienquiera que fuese, tenía serios problemas de olor de pies.

Stanley no pudo evitar pensar que aquellas zapatillas tenían algo especial, que de alguna forma serían la clave del invento de su padre. Era demasiada coincidencia para ser sólo un accidente. Stanley sintió que tenía en sus manos los zapatos del destino.

Echó a correr. Al recordarlo, no sabía bien por qué. Quizá tenía prisa por llevarle los zapatos a su padre, o quizá intentaba alejarse lo más rápido posible del día tan humillante y lamentable que había pasado en el colegio.

Un coche patrulla se detuvo a su lado. Un policía le preguntó por qué corría. Luego cogió las zapatillas e hizo una llamada por radio. Poco después, arrestó a Stanley.

Resultó que las zapatillas habían sido robadas de una vitrina en el albergue de los niños sin hogar. Aquella tarde iba a acudir un montón de gente rica, que pagaría cien dólares por el menú que los pobres comían gratis todos los días. Clyde Livingston, que cuando era joven había vivido en el albergue, pronunciaría unas palabras y firmaría autógrafos. Se subastarían sus zapatillas y esperaban venderlas por más de cinco mil dólares. Todo ese dinero sería para ayudar a los que carecían de hogar.

El juicio de Stanley se retrasó varios meses debido a la temporada de béisbol. Sus padres no podían pagar a un abogado. «No te hace falta un abogado», dijo su madre. «Tú simplemente di la verdad.»

Stanley dijo la verdad, pero quizá habría sido mejor haber mentido un poquito. Podía haber dicho que había encontrado las zapatillas en la calle. Nadie se creyó que hubieran caído del cielo.

Se dio cuenta de que no había sido cosa del destino. ¡Era su tatarabuelo-desastre-inútil-ladrón-de-cerdos!

El juez dijo que el delito de Stanley era despreciable. «Las zapatillas estaban valoradas en más de cinco mil dólares. Ese dinero se emplearía para proporcionar alimentos y refugio a los niños sin hogar. Y tú se lo robaste, sólo para tener un recuerdo.»

El juez dijo que había una plaza en el Campamento Lago Verde y sugirió que la disciplina del campamento podría mejorar el carácter de Stanley. O eso, o la cárcel. Sus padres preguntaron si podían averiguar algo más sobre el Campamento Lago Verde antes de decidir, pero el juez les aconsejó que escogieran inmediatamente. «En el Campamento Lago Verde las plazas libres no suelen durar mucho.»

7

La pala pesaba mucho en las manos blandas y carnosas de Stanley. Intentó clavarla en la tierra, pero la hoja chocó contra el suelo y rebotó sin dejar ni siquiera una muesca. Las vibraciones subieron por la madera del mango y las muñecas de Stanley. Le temblequearon todos los huesos.

Todavía era de noche. No había ninguna luz, solamente la de la luna y las estrellas, más estrellas de las que Stanley había visto nunca. Cuando el señor Peraski llegó a despertarlos, a Stanley le pareció que apenas acababa de quedarse dormido.

Con toda la fuerza que pudo, volvió a clavar la pala en el fondo seco del lago. Le dolieron las manos del golpe, pero no consiguió levantar ni un grano de arena. A lo mejor le había tocado una pala defectuosa. Miró a Zero, a unos cinco metros de distancia, que estaba levantando una paletada de tierra y echándola a una pila que ya se elevaba casi treinta centímetros.

Para desayunar les habían dado una especie de cereales templados. Lo mejor fue el zumo de naranja. Les dieron un *tetra brik* de medio litro a cada uno. Los cereales no sabían tan mal, pero olían igual que su camastro.

Luego llenaron las cantimploras, cogieron las palas y los llevaron caminando hacia el lago. Cada grupo tenía asignada una zona distinta.

Las palas las guardaban en un cobertizo cerca de las duchas. A Stanley le parecían todas iguales, aunque Rayos X tenía una especial que los demás no estaban autorizados a usar. Rayos X decía que era más corta que las otras, pero, si era cierto, sería por menos de un centímetro.

Todas las palas medían un metro y medio, desde la punta de la hoja de acero hasta el final del mango de madera. El hoyo de Stanley tendría que ser tan profundo como su pala y con el mismo diámetro, de forma que la pala cupiese en todas las direcciones. Por eso Rayos X quería la más corta.

El lago estaba tan lleno de hoyos y montones de tierra que a Stanley le recordó unas fotos de la luna que había visto una vez.

—Si encuentras algo interesante o raro —le había dicho el señor Peraski— debes informarme a mí o al señor Sir cuando vengamos con el camión del agua. Si a Vigilante le gusta lo que hayas encontrado, tienes el resto del día libre.

—¿Y qué se supone que debemos buscar? —le preguntó Stanley.

—No estamos buscando nada. Caváis hoyos para fortalecer vuestro carácter. Pero si encontraras algo, a Vigilante le gustaría saberlo.

Stanley miró su pala con desesperación. No estaba defectuosa. El defectuoso era *él.*

Vio una delgada grieta en el suelo. Colocó la punta de la pala sobre ella y saltó sobre la hoja con los dos pies.

La pala se introdujo unos cuantos centímetros en la tierra compacta.

Sonrió. Por una vez en la vida sus kilos servían para algo.

Se apoyó en el mango, consiguió sacar su primera palada de tierra y la echó a un lado.

«Solo me quedan unos diez millones más», pensó mientras volvía a colocar la pala en la grieta y saltaba una vez más sobre ella.

De esta forma consiguió extraer varias paletadas más, antes de darse cuenta de que estaba arrojando la tierra en el perímetro de su hoyo. Puso la pala en el suelo y marcó el lugar donde debían estar los límites del agujero. Un hoyo de un metro y medio era horriblemente ancho.

Movió la tierra que ya había excavado fuera de las marcas. Tomó un trago de la cantimplora. Un hoyo de un metro y medio sería horriblemente profundo también.

Al cabo de un rato cavar se le fue haciendo más fácil. La tierra era más dura en la superficie, donde el sol había endurecido una corteza de unos veinte centímetros de anchura. Debajo, la tierra estaba más suelta, pero para cuando Stanley consiguió atravesar la corteza, le había salido una ampolla en la mitad del dedo gordo y le dolía sujetar la pala.

El tatarabuelo de Stanley se llamaba Elya Yelnats. Nació en Letonia. Cuando tenía quince años se enamoró de Myra Menke.

(Elya no sabía que era el tatarabuelo de Stanley.)

Myra Menke tenía catorce años. En dos meses cumpliría los quince, y su padre había decidido casarla para entonces.

Elya se presentó ante el padre para pedir su mano, al igual que Igor Barkov, el propietario de una granja de cerdos. Igor tenía cincuenta y siete años, la nariz roja y las mejillas regordetas.

—Te doy el cerdo más gordo que tengo a cambio de tu hija —ofreció Igor.

—Y tú, ¿qué ofreces? —le preguntó a Elya el padre de Myra.

—Un corazón lleno de amor —respondió Elya.

—Preferiría un buen cerdo —respondió el padre de Myra.

Desesperado, Elya fue a ver a *madame* Zeroni, una vieja egipcia que vivía a las afueras de la ciudad. Se había hecho amigo suyo, aunque ella era mucho mayor que él. Era incluso mayor que Igor Barkov.

A los otros chicos del pueblo les gustaba mucho practicar la lucha libre en el barro. Elya prefería visitar a *madame* Zeroni y escuchar sus muchas historias.

Madame Zeroni tenía la piel oscura y una boca muy grande. Cuando te miraba, sus ojos parecían expandirse y daba la sensación de que te estaba traspasando con la mirada.

—Elya, ¿qué te pasa? —preguntó antes de que él le dijera que estaba triste. Estaba sentada en una silla de ruedas casera. Le faltaba el pie izquierdo. La pierna terminaba en el tobillo.

—Estoy enamorado de Myra Menke —confesó Elya—. Pero Igor Barkov ha ofrecido su cerdo más gordo a cambio de su mano. No hay nada que hacer.

—Muy bien —contestó *madame* Zeroni—. Eres demasiado joven para casarte. Tienes toda la vida por delante.

—Pero yo la quiero.

—Myra tiene la cabeza tan vacía como una maceta.

—Pero es guapísima.

—También las macetas son hermosas. ¿Sabe usar el arado? ¿Sabe ordeñar una cabra? No, es demasiado delicada. ¿Es capaz de mantener una conversación inteligente? No, es tonta y necia. ¿Cuidará de ti cuando estés enfermo? No, es una niña mimada y sólo quiere que cuiden de ella. Sí, es muy guapa. ¿Y qué? ¡Fffuui!

Madame Zeroni escupió en la tierra.

Le dijo a Elya que debía marcharse a América.

—Como mi hijo. Allí está tu futuro, no con Myra Menke.

Pero Elya no quería oír hablar del asunto. Tenía quince años y lo único que veía era la belleza hueca de Myra.

Madame Zeroni odiaba verlo tan abatido y, en contra de lo que dictaba la sensatez, decidió ayudarlo.

—Resulta que mi cerda parió ayer una nueva camada —dijo—. Hay uno, el más pequeño, a quien no quiere darle de mamar. Te lo doy. De todas formas se iba a morir.

Madame Zeroni llevó a Elya a la parte de atrás de la casa donde tenía los cerdos. Elya cogió el pequeño cerdito, pero no veía de qué le iba a servir. No era mucho más grande que una rata.

—Crecerá —le aseguró *madame* Zeroni—. ¿Ves aquella montaña al otro lado del bosque?

—Sí —dijo Elya.

—En la cima de la montaña hay un arroyo; el agua corre ladera arriba. Tienes que llevar al cerdito todos los días a la cima de la montaña y dejar que beba del arroyo. Cuando esté bebiendo, tienes que cantarle una canción.

Le enseñó a Elya una canción especial para cantarle al cerdito.

—El día del cumpleaños de Myra, tienes que llevar el cerdo a la montaña por última vez. Después, llévaselo directamente al padre de Myra. Será más gordo que todos los gorrinos de Igor.

—Si va a ser tan gordo —preguntó Elya—, ¿cómo lo voy a subir hasta la cima de la montaña?

—El cerdito no pesa tanto ahora, ¿no? —preguntó *madame* Zeroni.

—Claro que no —contestó Elya.

—¿Y crees que mañana podrás con él?

—Sí.

—Lo subirás a la montaña todos los días. Cada día pesará un poco más, pero tú serás un poco más fuerte. Y cuando le des el cerdo al padre de Myra, quiero que me hagas un último favor.

—Lo que sea —dijo Elya.

—Quiero que me subas a la montaña. Quiero beber del arroyo, y que me cantes la canción.

Elya le prometió que lo haría.

Madame Zeroni le advirtió que si no lo hacía, él y todos sus descendientes tendrían mala suerte por toda la eternidad.

En aquel momento, Elya no le dio importancia a la maldición. Era un chico de quince años y la «eternidad» no parecía más allá del próximo martes. Además, *madame* Zeroni le caía muy bien y estaría encantado de subirla a la montaña. Lo hubiera hecho aquel mismo día, pero todavía no era lo bastante fuerte.

Stanley seguía cavando. Su agujero medía casi un metro de profundidad, pero sólo en el centro. Las paredes se inclinaban hacia el borde. El sol acababa de asomarse sobre el horizonte, pero ya sentía los calurosos rayos sobre la cara.

Cuando se agachó para coger la cantimplora, se

sintió mareado de repente y apoyó las manos en las rodillas para no caerse. Por un momento temió que iba a vomitar, pero se le pasó. Bebió hasta la última gota de la cantimplora. Tenía ampollas en todos los dedos y una en el centro de la palma de cada mano.

Los hoyos de los demás eran mucho más profundos que el suyo. No los veía, pero lo sabía por el tamaño de los montones de arena.

Una nube de polvo avanzaba por la llanura y se dio cuenta de que los otros habían dejado de cavar y también la estaban mirando. La nube de tierra se acercó y Stanley vio que era una camioneta roja.

La camioneta se detuvo cerca de donde estaban cavando y los chicos se colocaron en fila detrás de ella, Rayos X el primero y Zero el último. Stanley se puso a la cola detrás de Zero.

El señor Sir llenaba las cantimploras con el agua de un depósito que llevaba en la parte trasera del vehículo. Cuando cogió la cantimplora de Stanley, le dijo:

—Esto no es un campamento de señoritas, ¿verdad?

Stanley encogió un hombro.

El señor Sir siguió a Stanley hasta su hoyo para ver cómo iba.

—Más vale que te pongas en serio —comentó—. O te va a tocar cavar durante las horas más calurosas del día.

Se metió unas cuantas pipas en la boca, las peló hábilmente con los dientes y escupió las cáscaras en el hoyo de Stanley.

Todos los días Elya subía el cerdito a la montaña y le cantaba mientras el animal bebía del arroyo. El cerdito engordaba y Elya se hacía más fuerte.

El día del cumpleaños de Myra, el cerdo de Elya pesaba casi treinta arrobas. *Madame* Zeroni le había dicho que lo subiera a la montaña también aquel día, pero Elya no quería presentarse ante Myra oliendo a puerco.

En vez de eso, se dio un baño. Era su segundo baño en menos de una semana.

Luego llevó el cerdo a casa de Myra.

Igor Barkov también estaba allí con el suyo.

—Son dos de los mejores ejemplares que he visto en mi vida —declaró el padre de Myra.

También se quedó impresionado con Elya, que parecía haberse vuelto más grande y fuerte en los últimos dos meses.

—Antes pensaba que eras un inútil que lo único que hacía era leer —dijo—. Pero ahora veo que podrías servir para la lucha libre en el barro.

—¿Puedo casarme con su hija?

—Primero hay que pesar los cerdos.

Ay, el pobre Elya debía haber subido el cerdo a la montaña por última vez. Los dos cerdos pesaban exactamente lo mismo.

Las ampollas de Stanley habían reventado y se formaron otras nuevas. Intentó colocar las manos de forma distinta sobre el mango para que no le dolieran. Al final, se quitó la gorra y la usó como un guante, entre el mango y las manos en carne viva. Así le dolía menos, pero cavar era más difícil porque el mango se le resbalaba. El sol le golpeaba la cabeza y el cuello.

Aunque intentó convencerse de lo contrario, se había dado cuenta hacía un rato de que los montones de tierra estaban demasiado cerca de los bordes del hoyo. Estaban fuera de su círculo de metro y medio, pero estaba claro que se iba a quedar sin sitio. Aun así, hizo como si no lo notara, y siguió añadiendo tierra a los montones, que al final tendría que acabar moviendo.

El problema era que cuando la tierra estaba en el suelo era compacta, pero se expandía al excavarla. La altura de los montones era mucho mayor que la profundidad del hoyo.

No había más remedio, ahora o nunca. De mala gana, salió del hoyo y una vez más volvió a hincar la pala en la tierra que había cavado antes.

El padre de Myra se puso a cuatro patas y examinó detalladamente cada cerdo, del rabo al hocico.

—Son los dos mejores cerdos que he visto en mi vida —dijo por fin—. ¿Cómo voy a decidir? Sólo tengo una hija.

—¿Por qué no dejas que decida ella? —sugirió Elya.

—¡Menudo disparate! —exclamó Igor, escupiendo saliva al hablar.

—Myra es una cabeza hueca —dijo su padre—. ¿Cómo va a ser capaz de decidir si yo, su padre, no puedo?

—Ella sabe lo que siente su corazón —dijo Elya.

El padre de Myra se frotó la barbilla. Luego se echó a reír y dijo:

—¿Por qué no? —le dio una palmada en la espalda a Elya—. A mí me da lo mismo. Al fin y al cabo, un cerdo es un cerdo.

Mandó llamar a su hija.

Elya se puso colorado cuando Myra entró en la sala.

—Buenas tardes, Myra —dijo. Ella le miró.

—Te llamas Elya, ¿no? —le preguntó.

—Myra —dijo su padre—, Elya e Igor han ofrecido un cerdo cada uno a cambio de tu mano. A mí me da lo mismo. Un cerdo es un cerdo. Así que dejo que elijas tú. ¿Con quién te quieres casar?

Myra parecía confusa.

—¿Quieres que decida *yo*?

—Sí, mi corazoncito —dijo su padre.

—Vaya, no sé —dijo Myra—. ¿Cuál pesa más?

—Los dos pesan igual —contestó su padre.

—Cáspita —dijo Myra—. Entonces elijo a Elya... No, a Igor. No, Elya. No, Igor. ¡No, ya sé! Voy a pensar un número del uno al diez y me casaré con el que lo adivine. Ya lo tengo.

—Diez —dijo Igor.

Elya no dijo nada.

—Elya —dijo Myra—, ¿qué número dices tú?

Elya no eligió ningún número.

—Cásate con Igor —murmuró—. Te puedes quedar con el cerdo como regalo de boda.

Cuando el camión del agua hizo la segunda ronda, lo conducía el señor Peraski, que también les trajo el almuerzo. Stanley se sentó a comer apoyado contra un montón de tierra. Tenía un sándwich de mortadela, una bolsa de patatas fritas y una galleta de chocolate.

—¿Cómo vas? —le preguntó Imán.

—No muy bien —contestó Stanley.

—Bueno, el primer hoyo es el más duro —dijo Imán.

Stanley respiró hondo. No podía perder tiempo. Los demás le llevaban mucha delantera y el sol cada vez pegaba más fuerte. Y todavía no eran ni las doce. Pero no sabía si le quedaba energía para levantarse.

Pensó en abandonar. Se preguntó qué le harían. ¿Qué podrían hacerle?

La ropa estaba empapada de sudor. En el colegio había aprendido que sudar es bueno. Así nos mantiene frescos la naturaleza. Entonces, ¿por qué tenía tanto calor?

Apoyándose en la pala, consiguió levantarse.

—¿Dónde se supone que vamos al servicio? —le preguntó a Imán.

Imán hizo un gesto con el brazo señalando la gran llanura a su alrededor.

—Escoge un hoyo, el que más te guste.

Stanley caminaba con dificultad y estuvo a punto de tropezar con un montón de tierra. A sus espaldas oyó la voz de Imán:

—Pero antes asegúrate de que no viva nada dentro.

Al salir de casa de Myra, Elya vagó sin rumbo por el pueblo hasta llegar al puerto. Se sentó en el borde de un muelle y se quedó mirando el agua fría y oscura. No entendía cómo Myra era incapaz de decidir entre Igor y él. Creía que ella le quería. Pero aunque no lo quisiera, ¿no veía que Igor era un miserable?

Madame Zeroni tenía razón. Tenía la cabeza tan vacía como una maceta.

Un grupo de hombres se estaba reuniendo en otro muelle, y Elya se acercó a ver qué pasaba. Había un cartel que decía:

SE NECESITAN MARINEROS
PASAJE GRATIS A AMÉRICA

No tenía ninguna experiencia en el mar, pero el capitán del barco lo admitió a bordo. Se dio cuenta de que Elya era un hombre fuerte. No todo el mundo era capaz de subir a cuestas un cerdo enorme hasta la cima de una montaña.

Cuando el barco había salido de la bahía y se hallaba en alta mar cruzando el Atlántico, Elya se acordó de su promesa de subir a *madame* Zeroni a la montaña. Se sintió fatal.

No le tenía miedo a la maldición. Pensó que era una tontería. Pero se sintió mal porque sabía que *madame* Zeroni quería beber del arroyo antes de morir.

Zero era el chico más menudo del Grupo D, pero fue el primero en terminar de cavar.

—¿Has acabado? —preguntó Stanley con envidia.

Zero no dijo nada.

Stanley fue hasta el hoyo de Zero y vio cómo lo medía con la pala. La boca era un círculo perfecto, con paredes lisas y verticales. No había quitado ni un solo grano de arena de más.

Zero se aupó fuera del hoyo. Ni siquiera sonrió. Miró hacia su cilindro perfecto, escupió dentro, se dio la vuelta y echó a andar hacia el campamento.

—Zero es un tío raro —dijo Zigzag.

Stanley se habría reído, pero no tenía fuerzas. Zigzag era el «tío más raro» que Stanley había visto en su vida. Tenía el cuello largo y delgado y la cabeza grande y redonda con pelo rubio y de punta. La cabeza subía y bajaba sobre el cuello, como si estuviera encima de un muelle.

El segundo en terminar fue Sobaco. También escupió en su hoyo antes de volver al campamento. Uno a uno, Stanley vio a todos los chicos escupir en sus respectivos hoyos y regresar a las tiendas.

Stanley siguió cavando. Su hoyo le llegaba casi hasta el hombro, aunque era difícil decir dónde estaba el nivel del suelo exactamente porque los montones de arena lo rodeaban por todas partes. Cuanto más hondo cavaba, más difícil era sacar la arena fuera. Se dio cuenta de que iba a tener que volver a mover los montones.

La gorra tenía manchas de la sangre de sus manos. Le pareció que estaba cavando su propia tumba.

En América, Elya aprendió a hablar inglés. Se enamoró de una mujer llamada Sarah Miller. Sabía arar, ordeñar una cabra y, lo más importante, pensar por sí misma. Sarah y Elya solían quedarse levantados hasta muy tarde hablando y riéndose juntos.

No tuvieron una vida fácil. Elya trabajaba duro, pero la mala suerte lo perseguía por dondequiera que iba. Siempre parecía estar en el lugar equivocado en el momento equivocado.

Se acordó de que *madame* Zeroni le había dicho que tenía un hijo en América. Elya lo buscó por todas partes. Se acercaba a completos desconocidos y les preguntaba si conocían a alguien llamado Zeroni.

Pero nadie lo conocía. Elya no estaba seguro de qué haría si lo llegaba a encontrar algún día. ¿Subirle a una montaña y cantarle la nana del cerdito a él?

Cuando cayó un rayo en su granero por tercera vez, le contó a Sarah la historia de la promesa incumplida a *madame* Zeroni.

—Soy peor que un ladrón de cerdos —le dijo a

Sarah—. Deberías dejarme y encontrar a alguien que no esté marcado por una maldición.

—No pienso dejarte —dijo Sarah—. Pero quiero que hagas una cosa por mí.

—Lo que sea —dijo Elya. Sarah sonrió.

—Cántame la nana del cerdito.

Él se la cantó.

—Es preciosa. ¿Qué quiere decir? —preguntó ella con los ojos brillantes.

Elya intentó traducirla del letón al inglés, pero no era lo mismo.

—En letón rima —dijo él.

—Ya me he dado cuenta —dijo Sarah.

Un año después tuvieron un hijo. Sarah le puso Stanley porque había notado que «Stanley» era «Yelnats» al revés.

Sarah cambió las palabras de la nana del cerdito para que rimara, y todas las noches se la cantaba al pequeño Stanley.

«Ojalá, ojalá», suspira el ave,
«la corteza del árbol fuera un poco más suave»,
mientras el lobo hambriento y solitario espera,
llorándole a la luuuuuuuuuuuuuna.
«Ojalá, ojalá así fuera.»

El hoyo de Stanley eran tan profundo como su pala, pero el fondo no era lo bastante ancho. Con la cara contraída en un gesto de dolor, hincó la pala y levantó la tierra arrojándola a un montón.

Colocó la pala en el fondo del agujero y, para su sorpresa, cabía. La giró y sólo tuvo que quitar un poco más de tierra aquí y allá para que quedase plana en todas las direcciones.

Oyó el camión del agua acercándose y se sintió extrañamente orgulloso de poder mostrarle al señor Sir o al señor Peraski que había cavado su primer hoyo.

Apoyó las manos en el borde e intentó auparse.

No pudo. Los brazos eran demasiado débiles para levantar su corpachón.

Se ayudó con las piernas, pero no le quedaba fuerza alguna. Atrapado en su propio hoyo. Casi tenía gracia, pero no estaba de humor para reírse.

—¡Stanley! —oyó al señor Peraski.

Usando la pala hizo dos agujeros en la pared del hoyo para meter los pies a modo de escalones. Al salir vio al señor Peraski caminando hacia él.

—Tenía miedo de que te hubieras desmayado —dijo el señor Peraski—. No habrías sido el primero.

—Ya he terminado —dijo Stanley poniéndose la gorra manchada de sangre.

—¡Muy bien! —dijo el señor Peraski levantando la mano para chocar los cinco. Pero Stanley lo ignoró. No tenía energía.

El señor Peraski bajó la mano y miró el hoyo de Stanley.

—Bien hecho —dijo—. ¿Quieres que te lleve en la camioneta?

—No, iré andando —contestó Stanley.

El señor Peraski se subió a la camioneta sin llenar la cantimplora de Stanley. Stanley esperó a que se fuera y volvió a contemplar su hoyo. Sabía que no había por qué, pero de todas formas se sintió orgulloso.

Acumuló los últimos restos de saliva que le quedaban y escupió.

8

Hay mucha gente que no cree en las maldiciones.

También hay mucha gente que no cree en los lagartos de pintas amarillas, pero, si te muerde uno, no importa si crees en él o no.

En realidad resulta curioso que los científicos hagan tanto hincapié en las pintas amarillas del lagarto. Los lagartos tienen exactamente once pintas, pero son difíciles de ver porque el cuerpo es de color amarillo verdoso.

Miden entre quince y veinticinco centímetros de largo y tienen grandes ojos rojos. Realmente, los ojos son amarillos, sólo la piel de alrededor es roja, pero todo el mundo habla de los ojos rojos. También tienen dientes negros y una lengua blanca lechosa.

Bien mirado, habría sido más lógico llamarlos lagartos «de ojos rojos», o lagartos «de dientes negros», o incluso lagartos «de lengua blanca».

Si alguna vez has estado tan cerca como para distinguir las pintas amarillas, probablemente estés muerto.

A los lagartos de pintas amarillas les gusta vivir en agujeros porque les ofrecen sombra y los protegen de las aves depredadoras. En un mismo agujero pueden vivir hasta veinte lagartos. Sus patas son fuertes y robustas, y son capaces de saltar desde hoyos muy profundos para atacar a sus presas. Comen animales pequeños, insectos, ciertas espinas de cactos y cáscaras de pipas.

9

STANLEY dejó que el agua fría de la ducha cayera sobre su cuerpo acalorado y dolorido. Fueron cuatro minutos de gloria. Por segundo día consecutivo no usó la pastilla de jabón. Estaba demasiado cansado.

El edificio de las duchas no tenía tejado y las paredes estaban a unos quince centímetros del suelo excepto en las esquinas. No había desagües. El agua corría por debajo de las paredes y se evaporaba enseguida con el sol.

Se puso la ropa naranja limpia. Volvió a la tienda, metió la ropa sucia en el cajón, sacó el bolígrafo y el estuche de escritura y se dirigió a la sala de recreo.

Alguien había pintado algo sobre el cartel de la puerta y ahora decía «Nada de recreo».

En la sala casi todo estaba roto: la televisión, las máquinas automáticas, los muebles. Hasta la gente parecía rota, con los cuerpos agotados tirados de cualquier manera sobre las sillas y los sofás.

Rayos X y Sobaco estaban jugando al billar. La superficie de la mesa le recordó a Stanley a la del lago. Estaba llena de baches y agujeros porque mucha gente había grabado sus iniciales en el fieltro.

En la pared del fondo había un agujero donde habían colocado un ventilador eléctrico. Aire acondicionado barato. Al menos, el ventilador funcionaba.

Stanley cruzó la habitación y se tropezó con una pierna estirada.

—¡Eh! ¡Cuidado! —dijo un bulto anaranjado sentado en la silla.

—Cuidado, tú —murmuró Stanley, demasiado cansado para tomar precauciones.

—¿Qué has dicho? —preguntó el Bulto.

—Nada —dijo Stanley.

El Bulto se levantó. Era casi tan grande como Stanley, pero mucho más duro.

—Has dicho algo —dijo presionando a Stanley con el dedo en el cuello—. ¿Qué has dicho?

La gente se arremolinó a su alrededor.

—Tranquilo —dijo Rayos X, poniendo una mano sobre el hombro de Stanley—. Yo que tú, no me metería con el Cavernícola —advirtió.

—El Cavernícola es *guay* —dijo Sobaco.

—No quiero pelea —dijo Stanley—. Sólo estoy cansado, nada más.

El Bulto gruñó.

Rayos X y Sobaco se llevaron a Stanley hacia un sofá. Calamar se hizo a un lado para dejarle sitio y Stanley se sentó.

—¿Habéis visto al Cavernícola? —dijo Rayos X.

—El Cavernícola es un tío duro —dijo Calamar, dándole un ligero puñetazo a Stanley en el brazo.

Stanley se apoyó contra el desgarrado respaldo de *skay*. A pesar de la ducha, su cuerpo todavía irradiaba calor.

—No quería empezar una bronca —dijo.

Lo último que le apetecía después de matarse todo el día en el lago era pelearse con un chico llamado Cavernícola. Se alegraba mucho de que Rayos X y Sobaco hubieran acudido en su ayuda.

—Cuéntanos, ¿te ha gustado el primer hoyo? —preguntó Calamar.

Stanley bufó y los otros se rieron.

—Bueno, el primer hoyo es el más duro —comentó Stanley.

—¡Qué va! —dijo Rayos X—. El segundo es mucho peor. Te duele todo incluso antes de empezar. Si crees que estás machacado ahora, espera a mañana por la mañana, ¿a que sí?

—Sí —dijo Calamar.

—Además, ya no es divertido —dijo Rayos X.

—¿Divertido? —preguntó Stanley.

—No me engañes —dijo Rayos X—. Seguro que siempre habías querido cavar un hoyo muy hondo, ¿a que sí? No me digas que no.

Stanley nunca había pensado tal cosa, pero no era tan tonto como para contradecir a Rayos X.

—Todos los niños del mundo quieren cavar un hoyo muy hondo —dijo Rayos X—. Hasta la China, ¿a que sí?

—Sí —dijo Stanley.

—¿Ves lo que te decía? —dijo Rayos X—. Pues eso. Ahora que lo has hecho ya no es divertido. Pero tienes que seguir haciéndolo otra vez, y otra y otra.

—Campamento Diversión y Juegos —dijo Stanley.

—¿Qué hay en el estuche? —preguntó Calamar.

Stanley se había olvidado de que lo había traído.

—Mmm..., papel. Iba a escribirle una carta a mi madre.

—¿A tu madre? —se rió Calamar.

—Si no, se va a preocupar.

Calamar puso mala cara.

Stanley miró a su alrededor. Aquel era el único sitio del campamento donde uno podía divertirse, y

¿qué habían hecho? Lo habían destrozado. La pantalla de la televisión estaba rota, como si alguien la hubiera atravesado de una patada. A todas las mesas y sillas parecía faltarles por lo menos una pata. Todo se tambaleaba.

Esperó a que Calamar se fuera a jugar al billar para empezar la carta.

Querida mamá:

Hoy ha sido mi primer día de campamento y ya tengo amigos. Hemos estado todo el día en el lago, así que estoy muy cansado. En cuanto pase el examen de natación, voy a aprender a hacer esquí acuático. Yo.

Se dio cuenta de que alguien estaba mirando por encima de su hombro y dejó de escribir. Se dio la vuelta y vio a Zero, de pie detrás del sofá.

—No quiero que se preocupe por mí —explicó.

Zero no dijo nada. Se quedó mirando la carta con expresión seria, casi enfadada.

Stanley la volvió a meter en el estuche.

—¿Los zapatos tenían equis rojas en la parte de atrás? —le preguntó Zero.

Stanley tardó un momento en darse cuenta de que Zero le estaba preguntado por las zapatillas de Clyde Livingston.

—Sí, tenían cruces —contestó. Se preguntó cómo lo sabría Zero. Las zapatillas «Marca X» eran muy populares. Quizá Clyde Livingston había puesto un anuncio en la tele.

Zero se le quedó mirando un momento, con la misma intensidad con que había mirado la carta.

Stanley metió el dedo en un agujero del sofá y empezó a sacar el relleno sin darse cuenta.

—Vamos, Cavernícola, a cenar —dijo Sobaco.

—¿Te vienes, Cavernícola? —preguntó Calamar.

Stanley miró a su alrededor y vio que Sobaco y Calamar le estaban hablando a él.

—Sí, claro —dijo. Volvió a meter las cosas en el estuche, se levantó y siguió a los chicos hacia la mesa.

El Bulto no era el Cavernícola. Era él.

Encogió el hombro izquierdo. Siempre sería mejor que llamarse Vomitona.

10

Sᴛᴀɴʟᴇʏ se durmió sin problemas, pero la mañana llegó demasiado pronto. Cuando intentó levantarse, le dolían todos los músculos y articulaciones del cuerpo. Aunque parecía imposible, era muchísimo peor que el día anterior. No eran sólo los brazos y la espalda, también le dolían las piernas, los tobillos y la cintura. Lo único que consiguió sacarlo de la cama fue saber que cada segundo que desperdiciara lo acercaría un poco más a la salida del sol. Odiaba el sol.

Durante el desayuno casi no podía levantar la cuchara, y cuando se quiso dar cuenta estaba en el lago, y en la mano, en lugar de la cuchara, sostenía una pala. Encontró una grieta en el suelo y empezó su segundo hoyo.

Apoyó un pie en la hoja a la vez que empujaba sobre el mango con la base del pulgar. Eso le dolía menos que intentar sostener el mango con los dedos llenos de ampollas.

Al cavar, tuvo mucho cuidado de arrojar la tierra lejos del hoyo. Tenía que reservar el espacio alrededor del hoyo para cuando fuera mucho más profundo.

No sabía si sería capaz de hacerlo. Rayos X tenía razón. El segundo hoyo era el más duro. Iba a necesitar un milagro.

Como el sol no había salido todavía, se quitó la gorra para protegerse las manos. En cuanto el sol saliera, tendría que ponérsela en la cabeza. El día anterior se había quemado mucho la frente y el cuello.

Decidió tomárselo paletada a paletada, intentando no pensar en la abrumadora tarea que tenía por delante. Al cabo de una hora más o menos, parecía que los músculos empezaban a relajarse un poco.

Resopló al intentar hincar la pala en la tierra. La gorra se le resbaló bajo los dedos y la pala cayó al suelo.

La dejó allí.

Bebió un sorbo de la cantimplora. Creía que el camión del agua no tardaría en llegar, pero no se la terminó toda, por si acaso se equivocaba. Había aprendido a esperar hasta que aparecía el camión antes de apurar la última gota.

El sol todavía no había salido, pero sus rayos se curvaban sobre el horizonte e iluminaban el cielo.

Se agachó para recoger la gorra y vio una piedra ancha y plana junto a ella. Mientras se la ponía, siguió mirando la piedra.

La cogió. Le pareció distinguir la imagen de un pez fosilizado.

Limpió un poco el polvo y la silueta del pez se percibió con más claridad. El sol se asomó sobre el horizonte y Stanley vio las delgadas líneas que correspondían a cada una de las pequeñas espinas del pez.

Contempló el desierto que se extendía a su alrededor. Aunque todo el mundo llamaba a aquella zona «el lago», era difícil creer que aquella inmensidad baldía hubiera estado llena de agua en otros tiempos.

Luego se acordó de lo que le habían dicho el señor Sir y el señor Peraski. Si desenterraba algo interesante, debería informarles inmediatamente. Si le gustaba a Vigilante, le darían el resto del día libre.

Miró otra vez al pez que tenía en la mano. Había encontrado el milagro que necesitaba.

Continuó cavando, pero muy despacio, mientras esperaba el camión cisterna. No quería llamar la atención sobre su hallazgo, por si alguno de los otros intentaba quitárselo. Tiró la piedra boca abajo junto al montón de tierra, como si no tuviera ningún valor especial. Un poco después vio la nube de polvo cruzando el lago.

El camión se detuvo y los chicos se colocaron en fila india. Stanley se dio cuenta de que siempre se alineaban en el mismo orden, no importaba quién llegara primero. Rayos X estaba siempre a la cabeza. Luego iban Sobaco, Calamar, Zigzag, Imán y Zero.

Stanley se puso a la cola detrás de Zero. Se alegró de ser el último, así nadie descubriría su fósil. Los pantalones tenían bolsillos muy grandes, pero, aun así, la roca abultaba mucho.

El señor Peraski llenó las cantimploras de todos los chicos, hasta que solo quedó Stanley.

—He encontrado algo —dijo Stanley, sacándola del bolsillo. El señor Peraski extendió la mano para coger la cantimplora, pero Stanley le dio la piedra.

—¿Qué es esto?

—Es un fósil —dijo Stanley—. ¿Ve usted el pez?

El señor Peraski lo miró otra vez.

—Mire, se ven todas las espinitas —dijo Stanley.

—Interesante —opinó el señor Peraski—. Dame la cantimplora.

Stanley se la dio. El señor Peraski la llenó y se la devolvió.

—¿Me he ganado el día libre?

—¿Por qué?

—Bueno, usted dijo que si encontraba algo interesante, Vigilante me daría el día libre.

El señor Peraski se echó a reír y le devolvió el fósil.

—Lo siento, Stanley. A Vigilante no le interesan los fósiles.

—Déjame ver —dijo Imán, quitándole la piedra a Stanley.

Stanley siguió mirando al señor Peraski.

—Eh, Zig, mira qué pedrusco.

—¡*Guay!* —dijo Zigzag.

Stanley vio cómo se iban pasando su fósil.

—No veo nada —dijo Rayos X. Se quitó las gafas, las limpió en la ropa sucia y se las volvió a poner.

—Ahí, mira el pececito —dijo Sobaco.

11

STANLEY regresó a su hoyo. Qué injusticia. El señor Peraski había dicho que su fósil era interesante. Pegó un golpe en el suelo con la pala y arrancó otro pedazo de tierra.

Al cabo de un rato, se dio cuenta de que Rayos X se había acercado y le estaba observando.

—Eh, Cavernícola, tengo que hablar contigo un momento —dijo Rayos X.

Stanley dejó la pala en el suelo y salió de su hoyo.

—Oye, mira —dijo Rayos X—, si encuentras algo más me lo das a mí, ¿vale?

Stanley no sabía qué decir. Rayos X era claramente el jefe del grupo y Stanley no quería ponerse a malas con él.

—Tú eres nuevo, ¿no? —dijo Rayos X—. Yo llevo aquí casi un año y nunca he encontrado nada. Entre tú y yo, no tengo muy buena vista. Mira, esto no lo sabe nadie, ¿sabes por qué me llaman Rayos X?

Stanley encogió un hombro.

—Es por mi nombre, Rex. R y X. ¿Lo coges? Estoy demasiado ciego para encontrar nada.

Stanley intentó comprenderlo.

—Lo que digo —continuó Rayos X— es que ¿por qué vas a tener tú un día libre cuando acabas de llegar? Si le van a dar un día libre a alguien, debería ser a mí. Es lo justo, ¿a que sí?

—Supongo que sí —dijo Stanley. Rayos X sonrió.

—Eres un tío legal, Cavernícola.

Stanley cogió su pala.

Cuanto más lo pensaba, más se alegraba de haberle dado la razón a Rayos X. Si iba a sobrevivir en el Campamento Lago Verde, que Rayos X pensara que era un tío legal era más importante que conseguir un día libre. Además, de todas formas no esperaba encontrar nada. Probablemente no había nada «interesante» por ahí, y aunque lo hubiera, él no se distinguía precisamente por su buena suerte.

Dejó caer la pala con fuerza y la levantó llena de tierra. Se puso a pensar que era un poco raro que Rayos X fuera el jefe del grupo. Desde luego, no era el más grande ni el más fuerte. De hecho, sin contar a Zero, Rayos X era el más bajito. Sobaco era el más grande. Puede que Zigzag fuera más alto que Sobaco, pero sólo por el cuello. Y, sin embargo, Sobaco y todos los demás parecían dispuestos a obedecer a Rayos X en todo lo que les pidiera.

Stanley seguía cavando y de repente se le ocurrió que Sobaco no era el más grande. Él, el Cavernícola, era el más grande de todos.

Se alegraba de que le llamaran Cavernícola. Eso significaba que lo aceptaban como miembro del grupo. Y si lo hubieran llamado Vomitona se habría alegrado igual.

Todo aquello le parecía asombroso. En el colegio, los chulos como Derrick Dunne solían meterse con él. Pero si Derrick Dunne se hubiera topado con cualquiera de los chicos del campamento, se habría muerto de miedo.

Mientras cavaba, Stanley se imaginó qué pasaría si Derrick Dunne tuviera que pelearse contra Sobaco o Calamar. Derrick no tendría nada que hacer.

Se imaginó qué pasaría si se hiciera amigo de todos ellos y entonces, por algún motivo, fueran con él a su colegio, y Derrick Dunne intentara robarle el cuaderno.

—*¿Qué te crees que estás haciendo?* —*le pregunta Calamar, mientras de una bofetada borra la expresión de chulito de la cara de Derrick Dunne.*

—*El Cavernícola es nuestro amigo* —*dice Sobaco, agarrándole por el cuello de la camisa.*

Stanley repitió la escena en su cabeza una y otra vez, y en cada repetición veía cómo un chico distinto del grupo D le pegaba una paliza a Derrick Dunne. Aquello le ayudó a cavar el hoyo y a aliviar su sufrimiento. Porque cada punzada de dolor que sentía él, la estaba sintiendo Derrick multiplicada por diez.

12

STANLEY volvió a ser el último en terminar. Era ya media tarde cuando se arrastró de vuelta al campamento. Aquella vez habría aceptado un viaje en la camioneta si se lo hubieran ofrecido.

Cuando llegó a la tienda, encontró al señor Peraski y a los otros chicos sentados en círculo en el suelo.

—Bienvenido, Stanley —dijo el señor Peraski.

—Hey, Cavernícola. ¿Has cavado tu hoyo? —preguntó Imán.

Stanley consiguió asentir con la cabeza.

—¿Has escupido? —preguntó Calamar.

Stanley volvió a asentir.

—Tenías razón —le dijo a Rayos X—. El segundo es el más duro.

Rayos X negó con la cabeza.

—El tercero es el más duro —afirmó.

—Ven y siéntate con nosotros —dijo el señor Peraski.

Stanley se desplomó entre Calamar e Imán. Necesitaba descansar antes de ducharse.

—Estábamos hablando sobre qué queremos hacer con nuestra vida —informó el señor Peraski—. No vamos a quedarnos en el Campamento Lago Verde para siempre. Necesitamos prepararnos para el día que salgamos de aquí y nos unamos al resto de la sociedad.

—¡Qué genial, Mami! —dijo Imán—. ¿Por fin te van a soltar?

Los chicos se rieron.

—A ver, José —dijo el señor Peraski—. ¿Qué quieres hacer con tu vida?

—No lo sé —contestó Imán.

—Tienes que pensarlo —dijo el señor Peraski—. Es importante tener objetivos. Si no, vas a volver de cabeza a la cárcel. ¿Qué te gustaría hacer?

—No lo sé —contestó Imán.

—Seguro que hay algo que te gusta —dijo el señor Peraski.

—Me gustan los animales —dijo Imán.

—Vale —asintió el señor Peraski—. ¿A alguien se le ocurre algo relacionado con animales?

—Veterinario —propuso Sobaco.

—Muy bien —dijo el señor Peraski.

—Podría trabajar en un zoológico —dijo Zigzag.

—Podría vivir en un zoológico —corrigió Calamar, y él y Rayos X se rieron.

—¿Qué dices tú, Stanley? ¿Alguna idea para José?

Stanley suspiró.

—Entrenador de animales —dijo—. Como para un circo, o las películas, algo así.

—José, ¿te atrae alguna de esas profesiones? —preguntó el señor Peraski.

—Sí, me gusta lo que ha dicho el Cavernícola. Eso de entrenar animales para las películas. Sería divertido entrenar a los monos.

Rayos X soltó una carcajada.

—No te rías, Rex —dijo el señor Peraski—. No

hay que reírse de los sueños de la gente. Alguien tiene que entrenar monos para las películas.

—¿A quién le tomas el pelo, Mami? —preguntó Rayos X—. Imán no va a ser nunca un entrenador de monos.

—Eso no lo sabes —dijo el señor Peraski—. No digo que vaya a ser fácil. En la vida no hay nada fácil. Pero no hay que rendirse por eso. Te sorprenderías de lo que uno es capaz de hacer si se lo propone. Al fin y al cabo, sólo tenemos una vida, debemos intentar aprovecharla al máximo.

Stanley intentó imaginarse qué diría si el señor Peraski le preguntara qué quería hacer con su vida. Antes pensaba que quería trabajar para el FBI, pero aquel no parecía el sitio adecuado para mencionarlo.

—Hasta ahora todos habéis hecho un buen trabajo a la hora de meteros en líos —dijo el señor Peraski—. Ya sé que pensáis que sois estupendos —dijo mirando a Stanley—. Así que ahora eres el Cavernícola, ¿no? ¿Te gusta cavar hoyos, Cavernícola?

Stanley no sabía qué decir.

—Déjame que te diga una cosa, Cavernícola. Estás aquí por culpa de una sola persona. Si no fuera por esa persona, no estarías aquí cavando hoyos bajo el sol abrasador. ¿Sabes quién es esa persona?

—Mi tatarabuelo-desastre-inútil-ladrón-de-cerdos.

Los chicos se desternillaron de risa.

Incluso Zero sonrió.

Era la primera vez que Stanley veía sonreír a Zero. Normalmente tenía una expresión de enojo. Ahora su sonrisa era tan amplia que casi parecía demasiado grande para su cara. Como la sonrisa de las calabazas de *halloween*.

—No —dijo el señor Peraski—. Esa persona eres tú, Stanley. Tú eres el único causante de tu estancia aquí. Tú eres responsable de ti mismo. Tú destrozaste tu vida, y a ti te corresponde arreglarla. Nadie lo va a hacer por ti. Ni por ninguno de vosotros.

El señor Peraski los miró uno a uno.

—Todos sois especiales, cada uno a vuestro modo. Todos tenéis algo que ofrecer. Tenéis que pensar en qué queréis hacer, y hacerlo. Incluso tú, Zero. No eres completamente inútil.

La sonrisa se había borrado del rostro de Zero.

—¿Qué quieres hacer con tu vida? —le preguntó el señor Peraski—. ¿Qué te gusta hacer?

—Me gusta cavar hoyos.

13

STANLEY estaba otra vez en el lago, con la pala en la mano. Rayos X tenía razón: el tercer hoyo era el más duro. Y el cuarto. Y el quinto. Y el sexto, y el...

Clavó la pala en la tierra.

Al poco tiempo perdió la cuenta de qué día de la semana era y cuántos hoyos había cavado. Le parecía todo un enorme hoyo que iba a tardar un año y medio en cavar. Calculó que habría perdido unos dos kilos y medio. A ese ritmo, en un año y medio estaría en una forma física estupenda, o muerto.

Clavó la pala en la tierra.

No podía ser que siempre hiciera tanto calor, pensó. Seguramente en diciembre refrescaría algo. A lo mejor entonces se congelaban.

Clavó la pala en la tierra.

La piel se le había endurecido. Ya no le dolía tanto sujetar la pala.

Mientras bebía de la cantimplora, levantó la vista al cielo. Por la mañana había aparecido una nube. Era la primera que recordaba desde su llegada al Campamento Lago Verde.

Habían estado mirándola todo el día, esperando que se colocara delante del sol. De vez en cuando se acercaba, pero sólo les estaba tomando el pelo.

Su hoyo le llegaba a la cintura. Clavó la pala en la tierra. Cuando estaba arrojando la arena fuera, le pareció que algo brillante caía en el montón. Fuese lo que fuese, enseguida desapareció enterrado.

Stanley se quedó mirando un momento, sin estar seguro de haberlo visto. Incluso si era algo, ¿para qué le iba a servir? Había prometido darle a Rayos X cualquier cosa que encontrara. No merecía la pena el esfuerzo de salir del hoyo para comprobarlo.

Miró hacia la nube. Estaba tan cerca del sol que había que entrecerrar los ojos.

Volvió a clavar la pala en la tierra, sacó una paletada, y la levantó para lanzarla al montón, pero en lugar de arrojarla encima, la echó a un lado. La curiosidad había podido más que él.

Salió del hoyo y metió los dedos entre la arena. Sintió algo duro y metálico. Lo sacó. Era un tubo dorado, más o menos del tamaño del dedo índice de su mano derecha. El tubo estaba abierto por un extremo y cerrado por el otro.

Lo limpió con unas cuantas gotas de su preciosa agua.

Parecía que había algún tipo de diseño en el extremo cerrado y plano. Vertió unas cuantas gotas más y lo frotó en el interior del bolsillo del pantalón.

Volvió a examinar el diseño grabado en el fondo plano del tubo. Se veía el contorno de un corazón, con las letras *K B* inscritas en él.

Intentó pensar algo para no tener que dárselo a Rayos X. Podría quedárselo, pero eso no le serviría para nada. Quería su día libre.

Miró el enorme montón de tierra cerca de donde Rayos X estaba cavando. Probablemente estaba a punto de terminar. Si le daban el resto del día libre, no le iba a servir de mucho. Primero tendría que enseñarle el tubo al señor Sir o al señor Peraski, y ellos tendrían que mostrárselo a Vigilante. Para entonces, Rayos X podía haber terminado de todas maneras.

Stanley consideró la posibilidad de intentar llevarle el tubo en secreto directamente a Vigilante. Podría explicarle la situación, Vigilante se inventaría una excusa para darle el día libre y que Rayos X no sospechara nada.

Dirigió la mirada a través del lago hacia la cabaña de troncos bajo los dos robles. El lugar le daba miedo. Llevaba en el Campamento Lago Verde casi dos semanas y todavía no había visto a Vigilante. Mejor. No le importaría nada pasar todo el año y medio sin encontrarse con él.

Además, no sabía si a Vigilante le parecería «interesante» el tubo. Lo volvió a examinar. Le resultaba familiar. Creía haber visto algo similar en algún sitio, pero no se acordaba bien dónde.

—¿Qué tienes ahí, Cavernícola? —preguntó Zigzag. La mano grande de Stanley se cerró alrededor del tubo.

—Nada, sólo…. —era inútil disimular—. Creo que a lo mejor he encontrado algo.

—¿Otro fósil?

—No, no estoy seguro de lo que es.

—Déjame ver —dijo Zigzag.

En lugar de enseñárselo a Zigzag, Stanley se lo llevó a Rayos X. Zigzag le siguió.

Rayos X miró el tubo, se frotó las gafas sucias en la sucia camisa y volvió a mirarlo. Uno a uno, los demás dejaron las palas y se acercaron a ver qué pasaba.

—Parece un cartucho viejo —dijo Calamar.

—Sí, probablemente sea eso —dijo Stanley. Decidió no mencionar la inscripción. Quizá los demás no se dieran cuenta. Le extrañaría mucho que Rayos X pudiera verla.

—No, es demasiado largo y delgado para ser un cartucho vacío —dijo Imán.

—Probablemente es sólo un pedazo de chatarra —dijo Stanley.

—Bueno, se lo enseñaré a Mami, a ver qué le parece —dijo Rayos X—. Quién sabe, a lo mejor me dan el día libre.

—Tu hoyo está casi acabado —dijo Stanley.

—¿Y qué?

Stanley encogió un hombro.

—Que podrías esperar hasta mañana para enseñárselo a Mami. Podrías hacer como si lo hubieras encontrado por la mañana temprano. Así te darían todo el día libre, en vez de sólo una hora o así.

Rayos X sonrió.

—Bien pensado, Cavernícola.

Se metió el tubo en el enorme bolsillo de la pernera derecha de sus sucios pantalones anaranjados.

Stanley regresó a su hoyo.

Cuando llegó el camión del agua, Stanley se colocó en su lugar, el último de la fila; pero Rayos X le dijo que se colocara detrás de Imán, delante de Zero.

Stanley avanzó un puesto.

14

AQUELLA noche, tendido en su áspero y apestoso camastro, Stanley intentó imaginar qué otra cosa podía haber hecho, pero no se le ocurría nada. Por una vez en su desafortunada vida, había estado en el sitio adecuado en el momento adecuado, y tampoco le había servido de nada.

—¿Lo tienes? —le preguntó a Rayos X la mañana siguiente, durante el desayuno. Rayos X lo miró con los ojos medio cerrados tras los cristales sucios.

—No sé de qué estas hablando —murmuró.

—Ya sabes... —siguió Stanley.

—¡No, no sé! —gritó Rayos X—. Déjame en paz, ¿vale? No quiero hablar contigo.

Stanley no volvió a abrir la boca.

El señor Sir los llevó caminando hacia el lago, masticando pipas por el camino y escupiendo las cáscaras. Hizo una marca en la tierra con el tacón de su bota para marcar dónde tenía que cavar cada uno.

Stanley saltó sobre la hoja de la pala, atravesando la tierra dura y árida. No tenía ni idea de por qué Rayos X le había contestado así. Si no iba a enseñar el tubo, ¿por qué le había obligado a dárselo? ¿Se iba a quedar con él? El tubo era dorado, pero Stanley no creía que fuera oro de verdad.

Un poco después del amanecer llegó el camión

del agua. Stanley apuró hasta la última gota de agua y salió de su hoyo. A aquella hora del día, a veces se veían en la distancia unas colinas o montañas, al otro lado del lago. La visión sólo duraba unos momentos y enseguida desaparecían entre la bruma que se formaba por el polvo y el calor.

El camión se detuvo y la nube de arena que levantaba siguió su camino. Rayos X ocupó su lugar a la cabeza de la fila. El señor Peraski le llenó la cantimplora.

—Gracias, Mami —dijo Rayos X. No mencionó el tubo.

El señor Peraski llenó todas las cantimploras y se subió a la cabina de la camioneta. Todavía tenía que llevar agua al Grupo E. Stanley los vio cavando a unos doscientos metros.

—¡Señor Peraski! —gritó Rayos X desde su hoyo—. ¡Espere! ¡Señor Peraski! ¡Creo que he encontrado algo!

Todos los chicos siguieron al señor Peraski hasta el hoyo de Rayos X. Stanley vio el tubo dorado asomando entre la tierra en el extremo de la pala de Rayos X.

El señor Peraski lo examinó, especialmente el extremo plano.

—Creo que a Vigilante le va a gustar mucho.

—¿Le van a dar el día libre? —preguntó Calamar.

—Seguid cavando hasta que se os diga lo contrario —dijo el señor Peraski. Luego sonrió—: Pero yo que tú, Rex, no me esforzaría demasiado.

Stanley siguió con la mirada el recorrido de la nube de polvo hacia la cabaña de troncos.

Los chicos del Grupo E tendrían que esperar.

Al poco tiempo regresó la camioneta. El señor

Peraski se bajó de la cabina. Una mujer alta y pelirroja salió del asiento del pasajero. Parecía incluso más alta de lo que era, al mirarla desde dentro del hoyo. Llevaba un sombrero vaquero negro y botas negras de vaquero adornadas con turquesas. Tenía las mangas de la camisa remangadas y los brazos cubiertos de pecas, igual que el rostro. Se acercó directamente a Rayos X.

—¿Lo has encontrado aquí?

—Sí, señora.

—Tu excelente trabajo tendrá su recompensa —se giró hacia el señor Peraski —. Lleva a Rayos X en la camioneta al campamento. Que se dé una ducha doble y proporciónale ropa limpia. Pero primero quiero que llenes las cantimploras de todos los demás.

—Las acabo de llenar —dijo el señor Peraski.

Vigilante se le quedó mirando fijamente.

—¿Perdón? —dijo en tono suave.

—Las acababa de llenar cuando Rex...

—¿Perdón? —repitió Vigilante—. ¿Acaso te he preguntado cuándo las has llenado?

—No, pero es que...

—¿Perdón?

El señor Peraski se calló. Vigilante le indicó con el dedo que se acercara.

—Hace mucho calor y todavía hará mucho más —dijo—. Estos estupendos muchachos están trabajando duro. ¿No crees que pueden haber bebido un poco ya desde que les has llenado las cantimploras?

El señor Peraski no dijo nada. Vigilante se volvió hacia Stanley.

—Cavernícola, ven aquí, por favor.

Stanley se sorprendió de que supiera su nombre.

No la había visto nunca. Hasta que se bajó de la camioneta, ni siquiera había caído en que Vigilante fuera una mujer.

Nervioso, se acercó a ella.

—El señor Peraski y yo hemos tenido una discusión. ¿Has bebido desde que el señor Peraski te ha llenado la cantimplora?

Stanley no quería causarle problemas al señor Peraski.

—Todavía me queda mucha agua.

—Perdón.

Stanley titubeó.

—Sí, he bebido un poco.

—Gracias. ¿Me dejas ver tu cantimplora?

Stanley se la pasó. Tenía las uñas pintadas de rojo oscuro. Agitó despacio la cantimplora, haciendo bailar el agua en el interior del recipiente de plástico.

—¿Oyes los espacios vacíos? —preguntó.

—Sí —contestó el señor Peraski.

—Pues llénala —dijo—. Y la próxima vez que te diga que hagas algo, espero que lo hagas sin cuestionar mi autoridad. Si llenar una cantimplora es demasiada molestia para ti, te daré una pala. Puedes cavar un hoyo y el Cavernícola te llenará la cantimplora —se volvió hacia Stanley—. Llenar cantimploras no sería demasiado para ti, ¿verdad?

—No —contestó Stanley.

—Entonces, ¿qué prefieres? —le preguntó al señor Peraski—. ¿Llenar las cantimploras o cavar?

—Llenar las cantimploras.

—Gracias.

15

EL señor Peraski llenó las cantimploras.

Vigilante cogió un tridente de la parte trasera de la camioneta y lo pasó por el montón de tierra de Rayos X, para comprobar si había algo más enterrado allí.

—Después de dejar a Rayos X, quiero que traigas tres carretillas —dijo.

Rayos X se montó en la camioneta. Mientras se alejaba, sacó el cuerpo por la ventanilla y les dijo adiós con la mano.

—Zero, quiero que caves en el hoyo de Rayos X —dijo Vigilante. Parecía saber que Zero era el más rápido—. Sobaco y Calamar, seguid cavando donde estabais, pero vais a tener un ayudante cada uno. Zigzag, ayuda a Sobaco. Imán, ayuda a Calamar. Y tú, Cavernícola, trabajarás con Zero. Vamos a cavar la tierra dos veces. Zero la sacará del agujero y el Cavernícola la echará con cuidado en una carretilla. Zigzag hará lo mismo para Sobaco, e igual Imán y Calamar. No se nos puede escapar nada. Si uno encuentra algo, esa pareja tendrá el resto del día libre, y una ducha doble. Cuando las carretillas estén llenas, llevaréis la tierra lejos de esta zona para que no nos estorbe.

Vigilante se quedó allí todo el día, junto con el señor Peraski y el señor Sir, que apareció al cabo de un rato. De vez en cuando el señor Sir iba a llevarles agua a los otros grupos, pero el resto del tiempo el camión estaba aparcado allí. Vigilante se encargó de que en el Grupo D nadie pasara sed.

Stanley hizo lo que le habían ordenado. Examinaba con cuidado toda la tierra que Zero sacaba del hoyo y la echaba en la carretilla, aunque sabía que no iban a encontrar nada.

Era más fácil que cavar. Cuando la carretilla se llenaba, la empujaba un buen trecho y luego la volcaba.

Vigilante era incapaz de estarse quieta. No dejaba de andar de un lado a otro, mirando por encima de los chicos y pasando su tridente por los montones de tierra.

—Lo estás haciendo muy bien, muy bien —le dijo a Stanley.

Al cabo de un rato les mandó que cambiaran los puestos. Stanley, Zigzag e Imán cogieron las palas y Zero, Sobaco y Calamar echaron la tierra en las carretillas.

Después de comer, Zero volvió a cavar y Stanley regresó a la carretilla.

—No hay prisa —dijo Vigilante varias veces—. Lo principal es que no se nos escape nada.

Los chicos cavaron hasta que cada hoyo medía casi dos metros de profundidad y dos metros de diámetro. Aun así, seguía siendo más fácil cavar un hoyo de dos metros entre dos personas que uno de metro y medio cada uno.

—Vale, ya basta por hoy —dijo Vigilante—. Si he esperado hasta ahora, puedo esperar hasta mañana.

El señor Sir la llevó a su cabaña en la camioneta.

—Me pregunto cómo sabrá nuestros nombres —dijo Stanley de camino al campamento.

—Nos está vigilando todo el rato —dijo Zigzag—. Tiene micrófonos y cámaras escondidos por todas partes. En las tiendas, en la Nada, en las duchas.

—¿En las duchas? —preguntó Stanley. Se preguntó si Zigzag no estaría un poco paranoico.

—Las cámaras son diminutas —dijo Sobaco—. Más pequeñas que la uña del dedo meñique del pie.

Stanley tenía sus dudas. No creía que fabricaran cámaras tan pequeñas. Micrófonos, tal vez. Se dio cuenta de que por eso Rayos X no había querido hablar con él sobre el tubo dorado durante el desayuno. Rayos X tenía miedo de que Vigilante estuviera escuchándolos.

Una cosa estaba clara: no estaban cavando sólo para «fortalecer el carácter». Estaban buscando algo.

Y fuera lo que fuese, lo estaban buscando en el sitio equivocado.

Stanley miró hacia el lago, hacia el lugar exacto donde había estado cavando el día anterior cuando encontró el tubo dorado. Y cavó aquel hoyo en su memoria.

16

Stanley entró en la Nada y oyó la voz de Rayos X desde el otro extremo de la sala.

—¿Ves lo que te digo? —dijo Rayos X—. ¿Tengo razón o tengo razón?

Los otros cuerpos de la habitación eran poco más que sacos de carne y huesos, tirados de cualquier manera sobre las sillas y los sofás rotos. Rayos X estaba lleno de vitalidad, riéndose y gesticulando, moviendo los brazos en todas las direcciones al hablar.

—¡Hey, Cavernícola, colega! —gritó Rayos X. Stanley se acercó—. Oye, Calamar, échate para allá. Hazle sitio al Cavernícola.

Stanley se derrumbó sobre el sofá.

En las duchas, había estado buscando la cámara oculta, pero no había visto nada. Esperaba que Vigilante tampoco.

—¿Qué pasa, tíos? —preguntó Rayos X—. ¿Estáis cansados o qué? —se echó a reír.

—Eh, cállate ya, ¿vale? —protestó Zigzag—. Que estoy viendo la tele.

Stanley miró a Zigzag, que tenía los ojos clavados en la destrozada pantalla de la televisión.

Vigilante saludó a los chicos en el desayuno a la mañana siguiente y los acompañó a los hoyos. Cuatro cavaban y tres manejaban las carretillas.

—Me alegro de verte, Rayos X —le dijo—. Tu buena vista nos vendrá muy bien.

Stanley pasó más tiempo empujando la carretilla que cavando, porque era muy lento con la pala. Empujaba la tierra y la arrojaba en hoyos que habían cavado otros días. Tenía mucho cuidado de no echar nada en el que había encontrado el tubo dorado.

Todavía podía ver el tubo en su imaginación. Le resultaba tan familiar, y sin embargo era incapaz de identificarlo. Pensó que podría ser la tapa de una pluma de oro, y *K B* serían las iniciales de algún autor famoso. Pero los únicos autores famosos que recordaba eran Charles Dickens, William Shakespeare y Mark Twain. Además, ni siquiera parecía una tapa.

A la hora del almuerzo Vigilante empezó a perder la paciencia. Les hizo comer deprisa para ponerlos a trabajar enseguida.

—Si no consigues que vayan más rápido —le dijo al señor Sir—, vas a tener que bajar ahí y cavar con ellos.

Después de eso, todos aceleraron el ritmo, especialmente cuando el señor Sir los estaba vigilando. Stanley iba prácticamente corriendo con la carretilla. El señor Sir les recordó que no estaban en un campamento de señoritas.

No dejaron de cavar hasta que todos los demás grupos terminaron.

Más tarde, tirado en una silla con poco relleno, Stanley intentó pensar en una forma de decirle a

Vigilante dónde habían encontrado realmente el tubo, sin meter en líos a Rayos X ni a sí mismo. Pero parecía imposible. Incluso consideró escaparse por la noche para cavar él solo en aquel hoyo. Pero después de pasar un día entero cavando, lo último que le apetecía era seguir por la noche también. Además, las palas estaban guardadas bajo llave durante la noche, se supone que para que no las usaran como armas.

El señor Peraski entró en la Nada.

—Stanley —dijo acercándose.

—Se llama Cavernícola —dijo Rayos X.

—Stanley —repitió el señor Peraski.

—Me llamo Cavernícola —dijo Stanley.

—Bueno, pues tengo aquí una carta para un tal Stanley Yelnats —dijo el señor Peraski. Miró en el reverso del sobre—. Y aquí no dice Cavernícola por ninguna parte.

—Mmm..., gracias —dijo Stanley, cogiéndola. Era de su madre.

—¿De quién es? —preguntó Calamar—. ¿De tu *madre*?

Stanley se la metió en el enorme bolsillo del pantalón.

—¿No nos la vas a leer? —preguntó Sobaco.

—Dejadle un rato en paz —dijo Rayos X—. Si el Cavernícola no quiere leérnosla, que no la lea. Probablemente es de su novia.

Stanley sonrió.

* * *

La leyó más tarde, cuando los demás se fueron a cenar.

Querido Stanley:

Nos encantó recibir noticias tuyas. Al leer tu carta me sentí como una de esas madres que pueden permitirse el lujo de mandar a sus hijos a campamentos de verano. Ya sé que no es lo mismo, pero estoy muy orgullosa de ti por intentar sacarle el máximo partido a una mala situación. ¿Quién sabe? A lo mejor, sale algo bueno de todo esto.

Tu padre cree que está a punto de conseguir un descubrimiento importante en su proyecto de las zapatillas. Eso espero. El casero ha amenazado con echarnos por el olor.

Me da pena pensar en la viejecita que vivía en un zapato. ¡Seguro que olía fatal!

Un abrazo de los dos.

—¿Qué te hace tanta gracia? —preguntó Zero.

Stanley dio un respingo. Creía que Zero se había ido a cenar con los demás.

—Nada, solo una cosa que dice mi madre en la carta.

—¿Qué dice?

—Nada.

—Ah, perdona —dijo Zero.

—Mira, mi padre está intentando inventar un método para reciclar viejas zapatillas de deporte. Así que nuestra casa huele un poco mal, porque siempre está cociendo esas zapatillas. Entonces, en la carta, mi madre dice que le da pena pensar en la viejecita que vivía en un zapato, sabes, porque seguro que olía fatal.

Zero se le quedó mirando con expresión vacía.

—¿No conoces la rima?

Zero no dijo nada.

—¿No has oído nunca esa rima de la viejecita que vivía en un zapato?

—No.

Stanley se quedó pasmado.

—¿Cómo es? —preguntó Zero.

—¿Nunca has visto *Barrio Sésamo*? —preguntó Stanley.

Zero no contestó.

Stanley se fue a cenar. Se habría sentido como un tonto recitando versos infantiles en el Campamento Lago Verde.

17

DURANTE la siguiente semana y media los chicos continuaron cavando en la zona donde supuestamente Rayos X había encontrado el tubo dorado. Ampliaron el hoyo de Rayos X, además de los hoyos de Sobaco y Calamar, hasta el cuarto día, cuando los tres hoyos se juntaron en un gigantesco agujero.

Según pasaba el tiempo, Vigilante iba perdiendo la paciencia. Llegaba tarde por la mañana y se iba pronto por la tarde. En cambio, los chicos cada vez pasaban más horas cavando.

—Esto sigue igual que ayer por la tarde cuando me fui —dijo Vigilante al llegar tarde una mañana, mucho después del amanecer—. ¿Qué habéis estado haciendo aquí?

—Nada —dijo Calamar.

Aquella era la palabra equivocada.

Justo en aquel momento, Sobaco volvía del «retrete».

—¡Qué detalle por tu parte el venir a acompañarnos! —dijo ella—. ¿Qué has estado haciendo?

—Tenía que... ya sabe... ir a...

Vigilante lo empujó con el tridente y lo tiró de espaldas en el gran hoyo, dejándole en la pechera de la camisa tres agujeros y tres pequeñas manchas de sangre.

—Les estás dando demasiada agua a estos niños —dijo Vigilante al señor Peraski.

Siguieron cavando hasta muy tarde, mucho después de que los otros grupos hubieran terminado. Stanley estaba dentro del gran hoyo, junto con los otros seis chicos. Habían dejado de usar las carretillas.

Clavó la pala en la pared del hoyo. Sacó un poco de tierra y la estaba levantado hacia la superficie cuando la pala de Zigzag le golpeó en un lado de la cara.

Se desplomó.

No estaba seguro de si se había desmayado o no. Miró hacia arriba y vio la cabeza de Zigzag sobre él.

—No pienso sacar esa tierra del hoyo —dijo Zigzag—. Esa tierra es tuya.

—Eh, Mami —gritó Imán—. El Cavernícola está herido.

Stanley se llevó los dedos al cuello. Sintió la sangre húmeda y un corte bastante grande justo debajo de la oreja.

Imán ayudó a Stanley a levantarse y a salir del hoyo. El señor Sir hizo un vendaje con un trozo de su saco de pipas y lo colocó con cinta adhesiva sobre la herida de Stanley. Luego le dijo que volviera al trabajo.

—No es la hora de la siesta.

Cuando Stanley volvió al hoyo, Zigzag lo estaba esperando.

—Esa tierra es tuya —dijo Zigzag—. Tienes que sacarla tú. Está encima de mi tierra.

82

Stanley se sentía un poco mareado. Vio un montoncito de tierra. Tardó un momento en darse cuenta de que era la tierra que estaba en su pala cuando Zigzag le había golpeado.

La sacó del hoyo y Zigzag clavó su pala en el lugar donde había estado la «tierra de Stanley».

18

A la mañana siguiente, el señor Sir guió a los chicos hasta otra sección del lago y cada uno cavó su hoyo, de metro y medio de profundidad y metro y medio de diámetro. Stanley se alegraba de alejarse del enorme agujero. Al menos ahora sabía cuánto le tocaba cavar cada día. Y era un alivio no tener otras palas que le pasasen zumbando junto a la cara, o a Vigilante sin quitarle la vista de encima.

Clavó la pala en el suelo, y poco a poco su montón de tierra fue creciendo. Tenía que girarse despacio y con suavidad. Si se movía demasiado rápido, sentía un dolor palpitante justo sobre el cuello, donde Zigzag le había golpeado.

Esa parte de la cabeza, entre el cuello y la oreja, se le había hinchado considerablemente. En el campamento no había espejos, pero se imaginó que parecería un huevo cocido saliéndole del cuello.

El resto del cuerpo apenas le dolía. Se le habían endurecido los músculos y tenía las manos fuertes y encallecidas. Seguía siendo el que cavaba más lento, pero ya no tardaba mucho más que Imán. Menos de media hora después de que Imán regresara al campamento, Stanley escupió en su hoyo.

Después de la ducha metió la ropa sucia en el cajón y sacó su estuche. Se quedó en la tienda a escribir la carta para que Calamar y los demás chicos no se rieran de él.

Queridos mamá y papá:
La vida en el campamento es dura, pero emocionante.
Hemos estado haciendo carreras de obstáculos, y tenemos
que nadar largas distancias en el lago. Mañana vamos a
aprender...

Dejó de escribir cuando Zero entró en la tienda,
y luego volvió a ponerse con su carta. No le importaba lo que pensara Zero. Zero no era nadie.

... a hacer escalada en roca. Ya sé que parece peligroso,
pero no os preocupéis.

Zero estaba de pie junto a él, observándole mientras escribía.
Stanley volvió la cabeza y sintió un dolor en el
cuello.
—No me gusta que me leas la carta por encima
del hombro, ¿vale?
Zero no dijo nada.

Tendré cuidado. Aquí no es todo diversión y juegos,
pero creo que estoy aprendiendo mucho. Fortalece el
carácter. Los otros chicos...

—No sé —dijo Zero.
—¿Qué?
—¿Me enseñas?
Stanley no entendía de qué estaba hablando.
—¿Que te enseñe a qué? ¿A escalar en roca?
Zero le lanzó una mirada penetrante.
—¿Qué? —preguntó Stanley. Tenía calor, estaba
cansado y dolorido.
—Quiero aprender a leer y escribir —dijo Zero.

85

Stanley soltó una pequeña carcajada. No se estaba riendo de Zero. Simplemente estaba sorprendido. Él, que había creído que Zero le leía las cartas por encima de su hombro.

—Lo siento —dijo—. No sé cómo se enseña.

Después de pasarse el día entero cavando, no le quedaban fuerzas para enseñar a Zero a leer y escribir. Tenía que guardar sus energías para la gente que contaba.

—No hace falta que me enseñes a escribir —dijo Zero—. Sólo a leer. No tengo nadie a quien escribir.

—Lo siento —repitió Stanley.

Los músculos y las manos no eran las únicas partes del cuerpo que se le habían endurecido en las últimas semanas. También se le había encallecido el corazón.

Terminó la carta. Apenas le quedaba en la boca humedad suficiente para cerrar el sobre y estampar el sello. Le parecía que por más agua que bebiera, siempre tendría sed.

19

Una noche lo despertó un ruido extraño. Al principio pensó que podía ser algún tipo de animal, y se asustó. Pero al irse despejando, se dio cuenta de que el ruido venía del camastro de al lado.

Calamar estaba llorando.

—¿Estás bien? —susurró Stanley.

Calamar miró para el otro lado. Sorbió y aguantó la respiración.

—Sí, sólo... Estoy bien —susurró, y volvió a sorber.

Por la mañana Stanley le preguntó si se sentía mejor.

—¿Eres mi madre o qué? —le soltó Calamar.

Stanley levantó un hombro y lo dejó caer.

—Tengo alergia, ¿vale? —dijo Calamar.

—Vale —dijo Stanley.

—Y como vuelvas a abrir la boca, te parto la cara.

* * *

Stanley mantenía la boca cerrada casi todo el tiempo. Apenas hablaba con ninguno de los chicos, temiendo decir algo equivocado. Le llamaban Cavernícola y todo eso, pero no podía olvidar que también eran peligrosos. Todos estaban allí por algo. Como diría el señor Sir, aquello no era un campamento de señoritas.

Stanley se sentía aliviado de que no hubiera problemas raciales. Rayos X, Sobaco y Zero eran negros; Calamar, Zigzag y él, blancos. Imán era hispano. En el lago eran todos del mismo color marrón rojizo: el color de la tierra.

Al levantar la vista del hoyo, vio acercarse la camioneta del agua arrastrando su nube de polvo. Todavía le quedaba casi un cuarto de la cantimplora. Se la bebió de un trago y se puso a la cola, detrás de Imán y delante de Zero. El aire estaba denso por el calor, el polvo y el humo del tubo de escape.

El señor Sir llenó las cantimploras.

El camión se alejó. Stanley estaba dentro de su hoyo, con la pala en la mano, cuando oyó decir a Imán:

—¿Alguien quiere pipas?

Imán estaba de pie fuera de su hoyo, con el saco de pipas en la mano. Se metió un puñado en la boca, las masticó y se las tragó, con cáscara y todo.

—¡Aquí! ¡Pasa! —contestó Rayos X.

El saco estaba a la mitad. Imán enrolló la parte de arriba y se lo lanzó a Rayos X.

—¿Cómo las has cogido sin que te viera el señor Sir? —preguntó Sobaco.

—No puedo evitarlo —dijo Imán. Levantó las dos manos, movió los dedos y se echó a reír—. Mis dedos son como imanes.

El saco voló de Rayos X a Sobaco y luego a Calamar.

—Qué gusto comer algo que no sea de lata —dijo Sobaco.

Calamar le pasó el saco a Zigzag.

Stanley sabía que luego le tocaría a él. Ni siquiera lo quería. Desde el momento en que Imán había preguntado: «¿Alguien quiere pipas?», supo que habría problemas. Seguro que el señor Sir volvería. Y, de todas formas, las cáscaras saladas le darían todavía más sed.

—Van para ti, Cavernícola —dijo Zigzag—. Correo aéreo y entrega especial.

No está claro si las pipas se derramaron antes de llegar a Stanley o cuando se le cayó el saco. A él le pareció que Zigzag no lo había enrollado bien antes de lanzarlo, y por eso no fue capaz de cogerlo.

Pero todo pasó muy deprisa. En un momento el saco estaba volando por los aires y, en cuanto Stanley se quiso dar cuenta, el saco se estrelló en el fondo y todas las pipas se esparcieron por el suelo.

—¡Jo, tío! —dijo Imán.

—Lo siento —dijo Stanley mientras intentaba empujar las pipas dentro del saco.

—A mí no me las des así. No quiero comer tierra —dijo Rayos X.

Stanley no sabía qué hacer.

—¡Que viene la camioneta! —gritó Zigzag.

Stanley levantó la vista hacia la nube de polvo que se iba acercando y luego la bajó hacia las pipas. Estaba en el lugar equivocado en el momento equivocado.

Menuda novedad.

Cogió la pala e intentó cubrir las pipas con la tierra. Luego se dio cuenta de que lo que tenía que haber hecho era empujar uno de sus montones al hoyo. Pero la idea de echar tierra *dentro* de su hoyo era impensable.

—Hola, señor Sir —dijo Rayos X—. ¿Otra vez de vuelta?

—Parece como si acabara de irse —dijo Sobaco.

—El tiempo vuela cuando uno se lo está pasando bien —dijo Imán.

Stanley continuó removiendo la tierra en su hoyo.

—¿Las señoritas se lo están pasando bien? —preguntó el señor Sir. Iba caminando de uno a otro. Derribó de una patada uno de los montones de Imán y luego avanzó hacia Stanley.

Stanley vio dos pipas en el fondo de su hoyo. Al intentar ocultarlas, desenterró una esquina del saco.

—Hola, Cavernícola, mira qué casualidad —dijo el señor Sir de pie al borde de su hoyo—. Parece que has encontrado algo.

Stanley no sabía qué hacer.

—Sácalo —ordenó el señor Sir—. Vamos a llevárselo a Vigilante. A lo mejor te da el resto del día libre.

—No es nada —murmuró Stanley.

—Déjame decidir eso a mí —dijo el señor Sir.

El chico se agachó y levantó el saco de pipas vacío. Intentó dárselo al señor Sir, pero éste no lo quiso coger.

—Anda, cuéntame, Cavernícola —dijo—. ¿Cómo ha llegado mi saco de pipas a tu agujero?

—Lo he robado de su camioneta.

—¿En serio?

—Sí, señor Sir.

—¿Y qué les ha pasado a las pipas?

—Me las he comido.

—Tú solito.

—Sí, señor Sir.

—¡Eh, Cavernícola! —gritó Sobaco—. ¿Por qué no nos has dado unas cuantas?

—Qué cara, tío —dijo Rayos X.

—Creía que eras un amigo —añadió Imán.

El señor Sir miró a los chicos de uno en uno, y otra vez a Stanley.

—A ver qué dice Vigilante de todo esto. Vamos.

Stanley salió de su hoyo y lo siguió hasta el camión. Todavía tenía el saco vacío en la mano.

Se estaba bien en el interior del vehículo, protegido de los rayos del sol. Stanley se sorprendió de poder sentirse a gusto en un momento como aquél, pero así era. Daba gusto sentarse en un asiento cómodo para variar. Y mientras la camioneta avanzaba dando tumbos, fue capaz de disfrutar del aire que soplaba por la ventanilla abierta y le daba en el rostro acalorado y sudoroso.

20

ERA un placer caminar bajo la sombra de los dos robles. Stanley se preguntó si los condenados se sentirían así camino de la silla eléctrica, apreciando por última vez todas las cosas buenas de la vida.

Para llegar a la puerta de la cabaña tuvieron que sortear varios hoyos. A Stanley le extrañó ver tantos alrededor de la casa. Se figuraba que Vigilante no querría tener a los campistas cavando tan cerca. Pero algunos estaban pegados a las paredes de la cabaña. Los hoyos estaban muy cerca unos de otros y eran de diferentes formas y tamaños.

El señor Sir llamó a la puerta. Stanley todavía llevaba en la mano el saco vacío.

—¿Sí? —dijo Vigilante al abrir la puerta.

—Ha habido un problemilla en el lago —explicó el señor Sir—. El Cavernícola se lo explicará todo.

Vigilante se quedó mirando al señor Sir un momento y luego volvió la mirada hacia Stanley. Ahora lo único que él sentía era terror.

—Pasad, supongo —dijo Vigilante—. Se está escapando el fresco.

Dentro de la cabaña había aire acondicionado. La televisión estaba encendida. Cogió el mando a distancia y la apagó.

Se sentó en una silla de lona. Estaba descalza y en pantalones cortos. Tenía las piernas tan llenas de pecas como la cara y los brazos.

—A ver, ¿qué es eso que tienes que decirme?

Stanley respiró hondo para calmarse.

—Mientras el señor Sir estaba llenando las cantimploras, me he acercado sigilosamente a la camioneta y le he robado su saco de pipas.

—Ya veo —dijo Vigilante. Se volvió hacia el señor Sir—. ¿Por eso lo has traído aquí?

—Sí, pero creo que está mintiendo. Creo que él no ha robado el saco. El Cavernícola está encubriendo a Rayos X o a algún otro. Era un saco de diez kilos, y dice que se las ha comido él solo.

Cogió el saco de la mano de Stanley y se lo alargó a Vigilante.

—Ya veo —repitió ella.

—El saco no estaba lleno —dijo Stanley—. Y se me han caído muchas. Lo puede comprobar en mi hoyo.

—Cavernícola, en aquella habitación hay un maletín pequeño con flores. ¿Me lo puedes traer, por favor? —dijo Vigilante señalando a una puerta.

Stanley miró a la puerta, luego a Vigilante y de nuevo a la puerta. Caminó despacio hacia allí. Daba a una especie de vestidor, con un lavabo y un espejo. Vio el maletín cerca del lavabo; era blanco con rosas rosadas.

Se lo llevó a Vigilante y ella lo colocó en la mesita de cristal. Abrió el broche y levantó la tapa.

Era un neceser de maquillaje. La madre de Stanley tenía uno similar. Vio varios frascos de esmalte de uñas, un quitaesmalte, un par de barras de labios y otros botes y polvos.

Vigilante cogió un pequeño frasco de esmalte rojo oscuro.

—¿Ves esto, Cavernícola?

Stanley asintió.

—Este es mi esmalte especial. ¿Aprecias el suntuoso color rojo? No se compra en las tiendas. Tengo que hacerlo yo misma.

Stanley no tenía ni idea de por qué se lo estaba enseñando a él. No comprendía por qué Vigilante tendría necesidad de usar esmalte de uñas o maquillaje.

—¿Quieres saber cuál es mi ingrediente secreto?

Stanley encogió un hombro. Vigilante abrió el frasco.

—Veneno de serpiente de cascabel —dijo mientras empezaba a aplicar el líquido en las uñas de su mano izquierda—. Es totalmente inofensivo... cuando está seco.

Terminó con la mano izquierda. La sacudió en el aire unos segundos, y comenzó a pintar los dedos de su mano derecha.

—Solo es tóxico cuando está húmedo.

Terminó de pintarse las uñas y se levantó. Alargó la mano y tocó la cara de Stanley con los dedos. Le pasó las uñas afiladas y húmedas muy despacio por la cara. La piel le cosquilleaba.

La uña del dedo meñique apenas le rozó la herida detrás de la oreja. Un agudo pinchazo de dolor le hizo retroceder de un salto.

Vigilante se volvió hacia el señor Sir, que estaba sentado en las piedras de la chimenea.

—¿Así que crees que te ha robado las pipas?

—No, él dice que las ha robado, pero yo creo que...

Ella dio un paso hacia él y le cruzó la cara de una bofetada.

El señor Sir se la quedó mirando fijamente, con tres largas líneas rojas recorriendo su mejilla izquierda. Stanley no sabía si era el rojo de la sangre o del esmalte de uñas.

El veneno tardó un momento en hacer efecto. De repente, el señor Sir dio un grito y se sujetó el rostro con las dos manos. Se dejó caer al suelo, rodando sobre las piedras y la alfombra.

—Me importan un comino las pipas de girasol —dijo Vigilante con suavidad.

El señor Sir gimió.

—De hecho, si te interesa saberlo —continuó—, me gustaba más cuando fumabas.

Por un momento, pareció que el dolor del señor Sir se estaba calmando. Respiró hondo tres o cuatro veces. Y de repente hizo un movimiento violento con la cabeza y soltó un grito agudo, mucho peor que el anterior.

Vigilante se volvió hacia Stanley y dijo:

—Te sugiero que vuelvas a tu hoyo ahora mismo.

Stanley se movió hacia la puerta, pero el señor Sir estaba en medio. Stanley vio que los músculos de su cara se encogían y temblaban. Su cuerpo se retorcía de dolor.

Pasó con cuidado por encima.

—¿Está...?

—¿Perdón? —dijo Vigilante.

Stanley estaba demasiado aterrado para hablar.

—No, no se va a morir —aseguró Vigilante—. Desgraciadamente para ti.

LA vuelta a su hoyo era una buena caminata. Stanley miró a los otros chicos a través de la bruma de polvo y aire caliente, las palas subiendo y bajando. El Grupo D era el que estaba más lejos.

Entonces se dio cuenta de que otra vez tendría que quedarse cavando cuando todos los demás hubieran terminado. Esperaba poder acabar antes de que el señor Sir se recuperase. No quería encontrarse a solas con él en medio del lago.

No se va a morir, había dicho Vigilante. *Desgraciadamente para ti.*

Mientras caminaba por aquel baldío desolado, Stanley pensó en su bisabuelo, no el ladrón de cerdos, sino su hijo, el que fue asaltado por Kate «Besos» Barlow.

Intentó imaginarse cómo se habría sentido cuando «Besos» Barlow lo dejó abandonado en el desierto. Probablemente no sería muy distinto a cómo se sentía él en aquel momento. «Besos» Barlow había dejado a su abuelo solo frente al desierto ardiente y yermo. Vigilante lo había dejado solo a él frente al señor Sir.

De algún modo, su bisabuelo había sobrevivido diecisiete días antes de ser rescatado por una pareja de cazadores de serpientes de cascabel. Cuando lo encontraron, desvariaba.

Al preguntarle cómo había sobrevivido tanto tiempo, dijo que «había encontrado refugio en el pulgar de Dios».

Pasó casi un mes en el hospital. Terminó casándose con una de las enfermeras. Nadie supo jamás a qué se refería con el pulgar de Dios, ni siquiera él mismo.

Stanley oyó un crujido. Se detuvo tal y como estaba, con un pie todavía en el aire.

Debajo de su pie se enroscaba una serpiente de cascabel. Tenía la cola apuntando hacia arriba, agitándola como un sonajero.

Stanley retiró la pierna, se dio la vuelta y echó a correr.

La serpiente no lo persiguió. Había hecho sonar la cola para advertirle que no se acercara.

—Gracias por la advertencia —susurró Stanley con el corazón acelerado.

Las serpientes de cascabel serían mucho más peligrosas si no tuvieran el cascabel.

—¡Eh, Cavernícola! —gritó Sobaco—. Todavía estás vivo.

—¿Que ha dicho Vigilante? —preguntó Rayos X.

—¿Qué le has contado? —preguntó Imán.

—Le he dicho que yo he robado las pipas —respondió Stanley.

—Bien hecho —dijo Imán.

—¿Y qué ha hecho? —preguntó Zigzag.

Stanley encogió un hombro.

—Nada. Se ha enfadado con el señor Sir por haberla molestado.

No tenía ganas de entrar en detalles. Si no hablaba de ello, a lo mejor es que no había pasado.

97

Fue hacia su hoyo y se lo encontró casi terminado. Se quedó mirándolo, atónito. No lo entendía.

O quizá sí. Sonrió. Como él había cargado con las culpas de lo de las pipas, a lo mejor los otros chicos habían cavado el hoyo por él.

—Oye, gracias —dijo.

—A mí no me mires —dijo Rayos X.

Confundido, Stanley miró alrededor, de Imán a Sobaco, a Zigzag, a Calamar. Ninguno se quiso apuntar el tanto.

Luego se volvió hacia Zero, que seguía cavando en silencio desde el regreso de Stanley. Su hoyo era el más pequeño de todos.

Sᴛᴀɴʟᴇʏ fue el primero en terminar. Escupió en el hoyo, se duchó y se cambió de ropa. Como hacía tres días desde la última colada, incluso la ropa limpia estaba sucia y apestosa. Al día siguiente pasaría a usarla para trabajar y lavarían la otra.

No tenía ni idea de por qué Zero habría cavado su hoyo. Zero ni siquiera había comido pipas.

—Será que le gusta cavar hoyos —dijo Sobaco.

—Es un topo —añadió Zigzag—. Le gusta comer tierra.

—Los topos no comen tierra —observó Rayos X—. Los que comen tierra son los gusanos.

—Oye, Zero —preguntó Calamar—, ¿eres un topo o un gusano?

Zero no contestó.

Stanley ni siquiera le había dado las gracias. Pero ahora se sentó en su camastro y esperó a que Zero volviera de las duchas.

—Gracias —dijo cuando Zero entró en la tienda.

Zero lo miró y luego se dirigió hacia los cajones, donde depositó la ropa sucia y la toalla.

—¿Por qué me has ayudado? —preguntó Stanley. Zero se volvió hacia él.

—Tú no has robado las pipas —dijo.

—Ya, y tú tampoco —dijo Stanley.

Zero se lo quedó mirando. Sus ojos parecieron

expandirse. Daba la sensación de que Zero lo estaba traspasando con la mirada.

—Tú no robaste las zapatillas —dijo.

Stanley no dijo nada.

Zero salió de la tienda y Stanley lo siguió con la mirada. Si había alguien con visión de Rayos X, ese era Zero.

—¡Espera! —lo llamó corriendo detrás de él. Zero se había quedado parado nada más salir y Stanley estuvo a punto de chocarse con él.

—Si quieres, intento enseñarte a leer —se ofreció Stanley—. No sé si sabré enseñar, pero como has cavado parte de mi hoyo, hoy no estoy tan cansado.

Una enorme sonrisa cubrió el rostro de Zero.

Regresaron a la tienda, donde era más probable que no les molestaran. Stanley sacó su estuche y un papel de su cajón. Se sentaron en el suelo.

—¿Te sabes el alfabeto? —preguntó Stanley.

Por un segundo le pareció ver un relámpago de rebeldía en los ojos de Zero, pero enseguida desapareció.

—Creo que un poco —dijo Zero—. A, B, C, D.

—Sigue —dijo Stanley.

Zero levantó los ojos hacia el techo.

—E...

—F —dijo Stanley.

—G —continuó Zero, resoplando—. H..., I..., K, P.

—H, I, J, K, L —dijo Stanley.

—Sí, eso —dijo Zero—. Ya lo había oído antes. Es que no me lo había aprendido bien de memoria.

—No pasa nada —dijo Stanley—. A ver, voy a decirlo entero una vez, sólo para refrescarte un poco la memoria, y luego lo intentas tú.

Recitó el alfabeto y Zero lo repitió sin equivocarse una sola vez.

¡No estaba mal, teniendo en cuenta que nunca había visto *Barrio Sésamo*!

—Bueno, ya lo había oído antes en algún sitio —dijo Zero, intentando actuar como si no tuviera importancia. Pero su enorme sonrisa lo delataba.

El siguiente paso era más difícil. Stanley tenía que pensar un modo de enseñarle a reconocer cada letra. Le dio una hoja de papel y cogió otra para él.

—Vamos a empezar por la A.

Escribió una A mayúscula y Zero la copió en su hoja. Como no tenía rayas, era más difícil, pero no le salió mal, sólo un poco grande. Stanley le dijo que tenía que escribir más pequeño o se les iba a acabar el papel enseguida. Zero la escribió más pequeña.

—Bueno, en realidad hay dos formas de escribir cada letra —dijo Stanley, dándose cuenta de que iba a ser más difícil de lo que pensaba—. Esa es una A mayúscula, pero normalmente verás la minúscula. Sólo se usan las grandes para la primera letra de cada palabra, pero únicamente si están al comienzo de una frase, o si es un nombre propio, como el nombre de una persona.

Zero asintió como si hubiera entendido, pero Stanley sabía que no se había explicado bien. Escribió una A mayúscula y Stanley la copió.

—Así que hay cincuenta y cuatro —dijo Zero.

Stanley no sabía de qué estaba hablando.

—En vez de veintisiete letras, en realidad son cincuenta y cuatro.

Stanley lo miró sorprendido.

—Sí, me imagino que sí. ¿Cómo lo has sabido?

Zero no dijo nada.

—¿Las has sumado?

Zero no dijo nada.

—¿Las has multiplicado?

—Solo es el número de letras que hay —dijo Zero.

Stanley encogió un hombro. Para empezar, no tenía ni idea de cómo sabía Zero que había veintisiete letras en el alfabeto. ¿Las había contado mientras las recitaba?

Hizo que Zero escribiera unas cuantas aes minúsculas y mayúsculas y luego le enseñó la B mayúscula. Se dio cuenta de que aquello iba a ser muy largo.

—Me puedes enseñar diez letras al día —sugirió Zero—. Cinco mayúsculas y cinco minúsculas. Dentro de cinco días me las sabré todas. Menos el último día, que tendremos que hacer catorce, siete mayúsculas y siete minúsculas.

Stanley se le quedó mirando otra vez, sorprendido de que hubiera calculado todo aquello. Zero debió de creer que lo miraba por otra cosa, porque añadió:

—Cavaré un poco de tu hoyo todos los días. Puedo cavar más o menos una hora y luego tú me das una hora de clase. Y como de todas formas soy más rápido que tú, acabaremos los hoyos casi al mismo tiempo. Así no tendré que esperarte.

—Vale —dijo Stanley.

Mientras Zero escribía sus bes, Stanley le preguntó cómo había calculado los días que harían falta.

—¿Multiplicando? ¿Dividiendo?

—Es lo que es, y ya está —dijo Zero.

—Todo un matemático... —se asombró Stanley.

—No soy idiota —dijo Zero—. Ya sé que todos piensan que sí lo soy. Es sólo que no me gusta contestar sus preguntas.

Aquella noche, tumbado en su camastro, Stanley reconsideró el trato que había hecho con Zero. Descansar un poco todos los días sería un alivio, pero sabía que a Rayos X no le haría ninguna gracia. Se preguntó si podría haber convencido a Zero de alguna forma para que cavase también parte del hoyo de Rayos X. Pero pensándolo bien, ¿por qué razón? «Yo soy el que está dándole clases a Zero. Necesito un descanso para tener energía para las clases. Me ha tocado a mí cargar con lo de las pipas. Y es conmigo con quien el señor Sir está enfadado.»

Cerró los ojos y las imágenes de la caseta de Vigilante flotaron en su cabeza: sus uñas rojas, el señor Sir retorciéndose en el suelo, el neceser de maquillaje de flores.

Abrió los ojos.

De repente se dio cuenta de dónde había visto antes el tubo dorado.

Lo había visto en el cuarto de baño de su madre, y lo había vuelto a ver en la caseta de Vigilante. Era la mitad de una barra de labios.

¿K B?

¿K B?

Dio un respingo en el camastro.

Formó con los labios el nombre Kate Barlow, mientras consideraba si habría pertenecido de verdad a la famosa forajida.

23

Hace ciento diez años, Lago Verde era el lago más grande de Texas. Estaba lleno de agua fresca y cristalina y brillaba al sol como una esmeralda gigantesca. Era especialmente hermoso en primavera, cuando los melocotoneros plantados a lo largo de la orilla florecían con capullos de color rosado.

En la fiesta nacional del cuatro de julio se celebraba un *picnic* en el pueblo. Organizaban juegos, bailaban, cantaban y se bañaban en el lago para refrescarse. Se daban premios al mejor pastel y la mejor mermelada de melocotón.

Todos los años la señorita Katherine Barlow recibía un premio especial por sus estupendos melocotones en conserva con especias. Nadie más se molestaba en preparar melocotones en conserva porque sabían que nunca serían tan deliciosos como los suyos.

Todos los veranos la señorita Katherine recogía montones de melocotones y los conservaba en tarros con canela, clavo, nuez moscada y otras especias que mantenía en secreto. Los melocotones duraban todo el invierno. Probablemente se habrían conservado mucho más tiempo, pero siempre se los comían antes de que llegara la primavera.

Se decía que Lago Verde era «el cielo en la tierra», y que las conservas de melocotón de la señorita Katherine eran «bocado de ángeles».

Katherine Barlow era la única maestra del pueblo. Daba clase en una vieja escuela de una sola habitación. Incluso en aquel entonces, la escuela era vieja. El tejado tenía goteras. Las ventanas no se abrían. La puerta colgaba ladeada de las bisagras retorcidas.

Era una profesora estupenda, llena de conocimiento y llena de vida. Los niños la adoraban.

Por las tardes daba clase a adultos, y muchos de ellos también la adoraban. Era muy guapa. A menudo sus clases se llenaban de jóvenes que mostraban más interés por la profesora que por su educación.

Pero lo único que consiguieron fue educación.

Uno de aquellos chicos era Trucha Walker. Su nombre de verdad era Charles Walker, pero todo el mundo lo llamaba Trucha porque los pies le olían a pescado.

La culpa no era solo suya. Tenía un hongo incurable en los pies. De hecho, era el mismo hongo que ciento diez años después afectaría al famoso jugador de béisbol Clyde Livingston. Pero al menos Clyde Livingston se duchaba todos los días.

—Me doy un baño todos los domingos por la mañana —fanfarroneaba Trucha—, tanto si lo necesito como si no.

La mayoría de los habitantes de Lago Verde suponían que la señorita Katherine se casaría con Trucha Walker. Era hijo del hombre más rico del condado. Su familia era propietaria de casi todos los melocotoneros y de toda la tierra en la orilla este del lago.

Trucha se presentaba a menudo en la escuela, pero nunca prestaba atención. Hablaba durante la clase y era un maleducado con los demás alumnos. Era ruidoso y estúpido.

Muchos hombres no habían recibido una buena educación, pero a la señorita Katherine no le importaba. Sabía que habían pasado casi toda su vida trabajando en las granjas y los ranchos y no habían podido ir mucho tiempo al colegio. Para eso estaba ella allí, para enseñarles.

Pero Trucha no quería aprender. Parecía sentirse orgulloso de su estupidez.

—¿Qué le parecería dar una vuelta en mi nuevo barco este sábado? —le preguntó una tarde después de clase.

—No, gracias —dijo la señorita Katherine.

—Tenemos un barco nuevecito —dijo él—. Ni siquiera hay que remar.

—Ya lo sé —respondió la señorita Katherine.

Todo el mundo había visto, y oído, el nuevo barco de los Walker. Hacía un ruido espantoso y echaba un humo horrible sobre el hermoso lago.

Trucha siempre conseguía todo lo que quería. Le parecía mentira que la señorita Katherine lo hubiera rechazado. La señaló con el dedo y dijo:

—¡A Charles Walker nadie le dice que no!

—Me parece que es lo que acabo de hacer —respondió la señorita Barlow.

24

Sₜₐₙₗₑy se puso a la cola del desayuno. Todavía estaba medio dormido, pero se despertó de golpe al ver al señor Sir. Tenía la mitad izquierda del rostro hinchada como un melón, y donde Vigilante lo había arañado, tres líneas color púrpura le cruzaban la mejilla.

Los otros chicos de la tienda de Stanley también lo habían visto, pero fueron listos y no dijeron nada. Stanley puso un *tetra brik* de zumo y una cuchara de plástico en su bandeja. Bajó la mirada y contuvo la respiración mientras el señor Sir le servía los cereales en el tazón.

Llevó su bandeja a la mesa. Detrás de él, un chico de otra tienda dijo:

—¡Hala! ¿Qué le ha pasado en la cara?

Se oyó un golpe.

Stanley se volvió y vio al señor Sir sujetando la cara del chico contra la cacerola de los cereales.

—¿Le pasa algo a mi cara?

El chico intentó hablar, pero no pudo. El señor Sir lo sujetaba por la garganta.

—¿Alguien nota algo raro en mi cara? —preguntó el señor Sir mientras seguía ahogando al chico.

Nadie dijo nada.

El señor Sir lo soltó. Al caer al suelo, su cabeza

rebotó contra la mesa. El señor Sir se puso de pie a su lado y preguntó:

—¿Cómo ves mi cara ahora?

De la boca del chico salió un sonido gutural, y por fin consiguió emitir la palabra:

—Bien.

—Es bastante atractiva, ¿no te parece?

—Sí, señor Sir.

En el lago, los otros chicos le preguntaron a Stanley qué sabía sobre la cara del señor Sir, pero él se encogió de hombros y siguió cavando. Si no hablaba de ello, a lo mejor se desvanecía.

Trabajó tan duro y tan rápido como pudo, sin intentar dosificar las fuerzas. Lo único que quería era salir del lago y alejarse del señor Sir lo antes posible. Además, sabía que tendría un descanso.

—Cuando te venga bien, me lo dices —le había dicho Zero.

La primera vez que llegó la camioneta del agua, la conducía el señor Peraski. La segunda vez, era el señor Sir.

Nadie dijo nada, excepto «Gracias, señor Sir», según les iba llenado las cantimploras. Nadie se atrevía siquiera a mirar su grotesco rostro.

Mientras esperaba, Stanley se pasaba la lengua por el cielo de la boca y el interior de las mejillas. Tenía la boca tan seca y cuarteada como el lago. Los rayos del sol se reflejaban en el espejo retrovisor de la camioneta, y Stanley tuvo que protegerse los ojos con la mano.

—Gracias, señor Sir —dijo Imán cuando recogió la cantimplora de sus manos.

—¿Tienes sed, Cavernícola? —preguntó el señor Sir.

—Sí, señor Sir —dijo Stanley, pasándole la cantimplora.

El señor Sir abrió el grifo y el agua salió del tanque, pero no cayó en el interior de la cantimplora de Stanley. Había colocado la cantimplora justo al lado del chorro de agua.

Stanley vio cómo el agua salpicaba la tierra, y el suelo sediento la absorbía rápidamente. El señor Sir la dejó correr unos treinta segundos, y luego cerró el grifo.

—¿Quieres más? —preguntó.

Stanley no dijo nada.

El señor Sir volvió a abrir el grifo y Stanley vio caer el agua de nuevo en la tierra.

—Toma, ya tienes bastante —y le dio a Stanley su cantimplora vacía.

Stanley se quedó mirando la mancha oscura en el suelo, que se encogía velozmente ante sus ojos.

—Gracias, señor Sir —dijo.

25

En el pueblo de Lago Verde había un doctor, hace ciento diez años. Se llamaba doctor Hawthorn. Cuando la gente se ponía enferma, acudía a él. Pero también acudían a Sam, el hombre de las cebollas.

—¡Cebollas! ¡Cebollas dulces y frescas! —anunciaba Sam mientras recorría con su burra Mary Lou las calles de arena de Lago Verde. Mary Lou arrastraba un carro lleno de cebollas.

El campo de cebollas de Sam estaba en algún lugar al otro lado del lago. Una o dos veces a la semana atravesaba el lago remando y recogía una nueva remesa para llenar la carreta. Sam tenía brazos grandes y fuertes, pero aun así necesitaba casi todo un día para remar hasta allí y otro para volver. Casi siempre dejaba a Mary Lou en un cobertizo que le prestaban los Walker, pero a veces se llevaba a Mary Lou en la barca con él.

Sam decía que Mary Lou tenía casi cincuenta años, lo cual era, y sigue siendo todavía hoy, una edad extraordinaria para un burro.

—Lo único que come son cebollas crudas —decía Sam, mostrando una cebolla blanca entre sus dedos oscuros—. Es la hortaliza mágica de la naturaleza. Si una persona se alimentara solo de cebollas crudas, llegaría a los doscientos años.

Sam no tendría más de veinte, así que nadie estaba muy convencido de que Mary Lou fuera tan vieja como él decía. ¿Cómo lo iba a saber él?

De todas formas, nadie discutía con Sam. Y cada vez que se ponían enfermos, además de acudir al doctor Hawthorn, también acudían a él.

Sam siempre les daba el mismo consejo:

—Coma muchas cebollas.

Decía que las cebollas eran buenas para la digestión, el hígado, el estómago, los pulmones, el corazón y el cerebro.

—Si no me cree, mire a la vieja Mary Lou. No ha estado enferma ni un solo día en toda su vida.

También tenía muchos ungüentos, lociones, jarabes y cremas, todos hechos con zumo de cebollas y las distintas partes de la planta. Este curaba el asma. Ese era bueno para las verrugas y los granos. Y aquel era un excelente remedio para la artritis.

Incluso tenía un ungüento especial que, según él, curaba la calvicie.

—Frótelo sobre la calva de su marido mientras duerme, señora Collingwood, y ya verá cómo pronto tendrá una cabellera tan espesa y larga como la cola de Mary Lou.

Al doctor Hawthorn no le molestaba Sam. La gente de Lago Verde prefería no correr riesgos y usaban la medicina corriente del doctor Hawthorn y las pócimas de cebolla de Sam. Cuando se curaban de sus males, nadie sabía a ciencia cierta, ni siquiera el doctor Hawthorn, cuál de los dos tratamientos había funcionado.

El doctor Hawthorn era casi completamente calvo y, por las mañanas, la cabeza solía olerle a cebollas.

Siempre que Katherine Barlow compraba cebollas, pedía una o dos de más y dejaba que Mary Lou las comiera de su mano.

—¿Ocurre algo? —le preguntó Sam un día mientras ella alimentaba a Mary Lou—. Parece usted preocupada.

—No, es el tiempo —dijo la señorita Katherine—. Se acercan nubes de lluvia.

—A Mary Lou y a mí nos gusta mucho la lluvia —dijo Sam.

—A mí también me gusta —dijo la señorita Katherine, acariciando la tiesa mata de pelo de la cabeza de la burra—. Pero es que el tejado de la escuela tiene goteras.

—Eso lo arreglo yo —dijo Sam.

—¿Y qué va a hacer? —bromeó Katherine—. ¿Rellenar los agujeros con pasta de cebollas?

Sam se echó a reír.

—Soy un manitas —le dijo—. Mi barca la he construido yo mismo. Y si hiciese agua, me vería en graves apuros.

Katherine no puedo dejar de fijarse en sus manos fuertes y firmes.

Hicieron un trato. Él se comprometió a arreglar el tejado de la escuela a cambio de seis tarros de melocotones en conserva.

Sam tardó una semana en reparar el tejado, porque sólo podía trabajar por las tardes, cuando se marchaban los niños y antes de que comenzaran las clases nocturnas. A él no le permitían asistir a clases porque era negro, pero le dejaban reparar el edificio.

La señorita Katherine solía quedarse en la escuela corrigiendo deberes y cosas así, mientras Sam trabajaba en el tejado. Ella disfrutaba de la poca conversación que podían mantener, dando voces entre la clase y el tejado. Le sorprendió su interés por la poesía. A veces, cuando él se tomaba un descanso, ella le leía un poema. En más de una ocasión, ella empezaba a leer un poema de Poe o Longfellow y él lo terminaba, de memoria.

Se sintió muy triste cuando el tejado estuvo reparado.

—¿Ocurre algo? —preguntó Sam.

—No, ha hecho usted un trabajo estupendo —dijo ella—. Es sólo que... las ventanas no abren. A los niños y a mí nos encantaría disfrutar de la brisa de vez en cuando.

—Eso lo arreglo yo —dijo Sam.

Ella le dio dos tarros más de melocotones y Sam reparó las ventanas.

Ahora que trabajaba en las ventanas era más fácil conversar. Él le habló de su campo de cebollas secreto al otro lado del lago, «donde las cebollas crecen todo el año y el agua corre ladera arriba».

Cuando acabó con las ventanas, ella se quejó de que su pupitre estaba cojo.

—Eso lo arreglo yo —dijo Sam.

La próxima vez que lo vio, ella mencionó que «la puerta no estaba derecha», y así consiguió pasar otra tarde con él mientras reparaba la puerta.

Al final de aquel semestre, Sam el de las cebollas había transformado la destartalada escuela en una joya de edificio, bien construido y recién pintado, del que todo el pueblo se sentía orgulloso. La gente que pasaba por allí se detenía a admirarlo. «Esta es nuestra escuela y al verla se entiende cuánto valoramos la educación aquí en Lago Verde.»

La única persona que no estaba contenta era la señorita Katherine. Se había quedado sin cosas para arreglar.

Una tarde, estaba sentada en su mesa, escuchando el repiqueteo de la lluvia sobre el tejado. En la clase no caía agua ninguna, excepto las gotas que brotaban de sus ojos.

—¡Cebollas! ¡Cebollas dulces y cálidas! —anunció Sam en la calle.

Ella corrió hacia él. Quería rodearlo con sus brazos, pero no se atrevió. En vez de eso, se abrazó al cuello de Mary Lou.

—¿Ocurre algo? —le preguntó él.

—Ay, Sam —dijo ella—. Se me está rompiendo el corazón.

—Eso lo arreglo yo —dijo Sam.

Ella se volvió hacia él.

Él la tomó de las dos manos y la besó.

Gracias a la lluvia, no había nadie más en la calle. Pero aunque lo hubiese habido, Katherine y Sam no se habrían dado cuenta. Se hallaban perdidos en su propio mundo.

Pero en aquel momento Hattie Parker salió de la tienda. No la vieron, pero ella sí los vio. Los señaló con un dedo tembloroso y susurró:

—¡Dios os castigará!

26

No había teléfono, pero la noticia se propagó rápidamente por el pueblo. Al final del día, todos los habitantes de Lago Verde se habían enterado de que la maestra había besado al vendedor de cebollas.

A la mañana siguiente no se presentó a clase ni un solo niño.

La señorita Katherine estaba sentada sola en el aula y pensó que se había equivocado de día de la semana. A lo mejor era sábado. No le habría extrañado. El corazón y la cabeza no habían dejado de darle vueltas desde que Sam la besara.

Oyó un ruido afuera y de repente un grupo de hombres y mujeres entraron en la escuela en tropel. Trucha Walker iba a la cabeza.

—¡Ahí está! —gritó Trucha—. ¡La mujer diabólica!

La gente comenzó a volcar los pupitres y romper los corchos de las paredes.

—Ha estado envenenando a nuestro hijos con libros —declaró Trucha.

Comenzaron a apilar los libros en el centro de la sala.

—¡Pensad en lo que estáis haciendo! —gritó la señorita Katherine.

Alguien intentó agarrarla, pero sólo le rompió el vestido, porque ella consiguió escapar del edificio. Corrió hasta la oficina del *sheriff*.

El *sheriff* tenía los pies encima de la mesa y estaba bebiendo una botella de whisky.

—Buenos días, señorita Katherine —dijo.

—Están destruyendo la escuela —dijo ella, sin aliento—. ¡Si alguien no lo impide, la van a quemar!

—Tranquilízate un poco, bonita —dijo el *sheriff* hablando muy despacio—. Y cuéntamelo todo —se levantó de la mesa y avanzó hacia ella.

—Trucha Walker ha...

—No se te ocurra ir diciendo nada malo de Charles Walker —dijo el *sheriff*.

—¡No tenemos mucho tiempo! —le urgió Katherine—. Tiene que detenerlos.

—Eres de lo más bonita —repitió el *sheriff*.

Ella le pegó una bofetada. Él se echó a reír.

—Besaste al vendedor de cebollas. ¿Por qué no me besas a mí?

Ella intentó volver a abofetearle, pero él la agarró por la muñeca. Katherine luchó por soltarse.

—¡Está borracho! —le gritó.

—Siempre me emborracho antes de un ahorcamiento.

—¿Un ahorcamiento? ¿A quién...?

—Un negro no puede besar a una mujer blanca, va contra la ley.

—Entonces me tendréis que ahorcar a mí también, porque yo también le besé.

—No va contra la ley que tú le beses a él —le explicó el *sheriff*—. Sólo que él te bese a ti.

—Somos todos iguales ante los ojos de Dios —declaró ella. El *sheriff* se rió.

—Entonces, si Sam y yo somos iguales, ¿por qué no me das un beso? —se volvió a reír—. Si me das un besito, no colgaré a tu novio, sólo lo echaré del pueblo.

La señorita Katherine se soltó. Y cuando iba a salir por la puerta, oyó decir al *sheriff*:

—La ley castigará a Sam. Y Dios te castigará a ti.

Ella escapó a la calle y vio el humo que salía de la escuela. Corrió hacia la orilla del lago, donde Sam estaba amarrando a Mary Lou al carro de cebollas.

—Gracias a Dios que te encuentro —suspiró ella, abrazándole—. Tenemos que marcharnos de aquí. ¡Ahora mismo!

—¿Qué...?

—Alguien nos debió de ver ayer, besándonos —dijo—. Han prendido fuego a la escuela. ¡El *sheriff* dice que te va a ahorcar!

Sam dudó por un momento, como si no se lo creyera.

—¡Vamos, Mary Lou!

—Tenemos que dejar a Mary Lou —dijo Katherine.

Sam se la quedó mirando un momento. Tenía los ojos llenos de lágrimas.

—Está bien.

La barca de Sam estaba dentro del lago, atada a un árbol con una cuerda muy larga. Él la desató y entraron en el agua para subir a bordo. Sus fuertes brazos empezaron a remar, alejándolos de la orilla.

Pero sus fuertes brazos no tenían nada que hacer contra el barco motorizado de Trucha Walker. Estaban a menos de la mitad de camino cuando la señorita Katherine oyó el ruido del motor. Luego vio el horrible humo negro.

Los hechos son los siguientes:

El bote de los Walker se estrelló contra la barca

de Sam. A Sam lo mataron a tiros en el lago. Katherine Barlow fue rescatada contra su voluntad. Cuando regresaron a la orilla, vio el cadáver de Mary Lou en el suelo. Le habían disparado en la cabeza.

Todo aquello pasó hace ciento diez años. Desde entonces, no ha caído ni una sola gota de lluvia en Lago Verde.

Tú decides: ¿a quién castigó Dios?

Tres días después de la muerte de Sam, la señorita Katherine mató al *sheriff* de un tiro cuando se encontraba sentado en su silla bebiéndose una taza de café. Luego se pintó los labios de rojo con mucho cuidado y le dio el beso que había pedido.

Durante los siguientes veinte años, Kate «Besos» Barlow fue una de las forajidas más temidas del Oeste.

27

STANLEY clavó la pala en el suelo. El hoyo tenía casi un metro de profundidad en el centro. Rebufó, sacó una paletada y la arrojó a un lado. El sol estaba casi directamente en la vertical.

Miró la cantimplora, junto a su hoyo. Estaba medio llena, pero todavía no bebió. Tenía que reservarse porque no sabía quién vendría conduciendo la camioneta la próxima vez.

Habían pasado tres días desde que Vigilante había arañado al señor Sir. Cada vez que le tocaba a él traer el agua, vertía la de Stanley directamente en la tierra.

Afortunadamente, el señor Peraski conducía la camioneta más a menudo que el señor Sir. Era evidente que el señor Peraski sabía lo que estaba pasando, porque siempre le daba a Stanley un poco más. Llenaba su cantimplora, dejaba que bebiera un gran sorbo, y luego se la volvía a llenar hasta arriba.

También lo ayudaba el hecho de que Zero estuviera cavando parte de su hoyo. Aunque, como Stanley suponía, a los otros chicos no les hacía gracia verle sentado mientras ellos trabajaban. Decían cosas como «¿Quién se ha muerto y te ha nombrado rey?» o «Debe de ser agradable tener un esclavo personal».

Cuando intentaba explicarles que él había cargado con lo de las pipas, los otros decían que era culpa suya porque él las había derramado.

—Arriesgué la vida por esas pipas —dijo Imán— y lo único que me llevé fue un puñado asqueroso.

Stanley también intentó hacerles ver que necesitaba ahorrar fuerzas para enseñar a Zero a leer, pero sólo consiguió que se burlaran de él.

—Lo mismo de siempre, ¿verdad, Sobaco? —dijo Rayos X—. El señorito blanco se rasca la barriga mientras el chico negro hace todo el trabajo. ¿A que sí, Cavernícola?

—No, la cosa no es así —replicó Stanley.

—No, claro que no —dijo Rayos X—. Las cosas no son así.

Stanley sacó otra paletada. Sabía que Rayos X no habría dicho lo mismo si fuera *él* el que enseñara a Zero a leer. Rayos X estaría explicando lo importante que sería su descanso, «¿a que sí?». Para que pudiera enseñarle mejor, «¿a que sí?».

Y en aquello tenía razón. Necesitaba ahorrar fuerzas para enseñar mejor a Zero, aunque Zero aprendía muy rápido. A veces, incluso, Stanley deseaba que Vigilante estuviera observándolos, con sus cámaras y micrófonos secretos, para que se enterase de que Zero no era tan estúpido como todo el mundo pensaba.

Al otro lado del lago vio la nube de polvo acercándose. Dio un sorbo de su cantimplora y esperó a ver quién conducía el camión.

La cara del señor Sir se había deshinchado un poco, pero todavía estaba algo abultada. Antes tenía tres arañazos en la mejilla. Dos habían desaparecido, pero el del medio debió de haber sido el más profundo, porque todavía se notaba. La línea púrpura, quebrada, iba desde debajo del ojo hasta la boca, como una cicatriz.

Stanley se puso a la cola y le entregó su cantimplora.

El señor Sir se la acercó al oído y la sacudió. Sonrió al escuchar al agua en el interior.

Stanley confiaba en que no la tirase.

—Espera un momento —le dijo.

Con la cantimplora en la mano, el señor Sir rodeó la camioneta y se metió en la cabina, donde no le veían.

—¿Qué estará haciendo ahí? —preguntó Zero.

—Ojalá lo supiera —contestó Stanley.

Poco después, el señor Sir salió de la camioneta y le devolvió a Stanley la cantimplora. Todavía estaba llena.

—Gracias, señor Sir.

Él sonrió.

—¿A qué esperas? —le preguntó—. Bebe.

Se metió un puñado de pipas en la boca, las masticó y escupió las cáscaras. Stanley tenía miedo del agua. No quería ni pensar qué horrible sustancia le habría metido el señor Sir.

Se llevó la cantimplora a su hoyo. Durante un buen rato, la dejó a su lado mientras seguía cavando. Luego, cuando tenía tanta sed que no podía soportarlo más, desenroscó el tapón, la puso boca abajo, y echó toda el agua al suelo. Temía que si esperaba un solo segundo más, terminaría bebiendo un sorbo.

Una vez que Stanley le hubo enseñado a Zero las seis últimas letras del alfabeto, le mostró cómo escribir su nombre:

—Zeta mayúscula, e, erre, o.

Zero escribió las letras como le dijo Stanley y las leyó.

—Zero —dijo con los ojos clavados en la hoja de papel. La sonrisa se le salía de la cara.

Stanley lo miró escribirlo una y otra vez.

Zero Zero Zero Zero Zero Zero Zero.

Pero aquello también lo entristeció. No pudo evitar pensar que cien veces cero seguía siendo nada.

—¿Sabes? Zero no es mi nombre de verdad —dijo Zero mientras caminaban hacia la Nada a la hora de la cena.

—Sí —dijo Stanley—, ya me lo imaginaba —la verdad es que hasta entonces no había estado seguro.

—Siempre me han llamado Zero, incluso antes de venir aquí.

—Ah.

—Mi nombre verdadero es Héctor.

—Héctor —repitió Stanley.

—Héctor Zeroni.

28

VEINTE años más tarde, Kate Barlow regresó a Lago Verde. Allí no la encontraría nadie: un pueblo fantasma en un lago fantasma.

Todos los melocotoneros habían muerto, pero un par de robles pequeños todavía se sostenían en pie junto a una vieja cabaña abandonada que había estado en la orilla este del lago. Ahora la orilla estaba a unos ocho kilómetros, y el lago era poco más que una charca de agua sucia.

Vivía en la cabaña. A veces oía la voz de Sam resonando en el silencio. «¡Cebollas! ¡Cebollas dulces y frescas!»

Sabía que estaba loca. Sabía que se había vuelto loca hacía veinte años.

«¡Ay, Sam», decía, hablándole al silencio. «Sé que hace calor, pero tengo tanto frío. Mis manos están frías. Mis pies están fríos. Mi cara está fría. Mi corazón está frío.»

Y a veces le oía contestar: «Eso lo arreglo yo», y sentía el calor de su brazo sobre los hombros.

Llevaba unos tres meses viviendo en la cabaña cuando una mañana se despertó sobresaltada. Alguien había abierto la puerta de una patada. Al abrir los ojos se encontró con la borrosa boca de un rifle a cinco centímetros de su cara.

Y le llegó el olor de los pies sucios de Trucha Walker.

—Tienes exactamente diez segundos para decirme dónde has escondido tu botín —dijo Trucha—. O te vuelo la cabeza.

Ella bostezó.

Había una mujer pelirroja con Trucha. Kate la vio poniendo la cabaña patas arriba, vaciando los cajones y tirando al suelo las cosas de las estanterías y los armarios. La mujer se acercó.

—¿Dónde está? —le espetó.

—¿Linda Miller? —preguntó Kate—. ¿Eres tú?

—Ahora es Linda Walker —dijo Trucha.

—Oh, Linda, lo siento mucho —dijo Kate.

Trucha le hundió el rifle en el cuello.

—¿Dónde está el botín?

—No hay ningún botín —dijo Kate.

—¡No me vengas con ésas! —exclamó Linda—. Estamos desesperados.

—Te casaste con él por el dinero, ¿verdad? —le preguntó Kate.

Linda asintió y dijo:

—Pero ya no queda nada. Se secó con el lago. Los melocotoneros. El ganado. Yo pensaba: tiene que llover pronto. La sequía no puede durar siempre. Pero cada vez hacía más calor, y más calor... —clavó los ojos en la pala, que estaba apoyada contra la chimenea—. ¡Lo ha enterrado! —declaró.

—No sé de qué estás hablando —dijo Kate.

De repente estalló la detonación del rifle justo encima de su cabeza. La ventana quedó destrozada.

—¿Dónde lo has enterrado? —preguntó Trucha.

—Venga, mátame, Trucha —dijo Kate—. Pero espero que te guste cavar. Porque vas a pasarte mucho tiempo cavando. Ahí fuera hay un desierto enorme. Tú, y tus hijos, y los hijos de tus hijos podéis cavar durante los próximos cien años y no lo encontraréis jamás.

Linda agarró a Kate por los cabellos y dio un tirón hacia atrás.

—No, no vamos a matarte —dijo—. Pero cuando hayamos acabado contigo, vas a desear estar muerta.

—Llevo veinte años deseando estar muerta —dijo Kate.

La sacaron a rastras de la cama y la empujaron fuera. Llevaba un pijama de seda azul. Sus botas blancas adornadas con turquesas se quedaron junto a la cama.

La ataron por los tobillos con una cuerda, lo bastante suelta para caminar, pero no para correr. Y la obligaron a andar descalza sobre el suelo ardiente.

No le permitían detenerse.

—No vas a parar hasta que nos digas dónde está el tesoro —dijo Trucha. Linda golpeó a Kate con la pala por detrás, en las piernas.

—Antes o después vas a llevarnos al sitio exacto. Así que más te vale que sea pronto.

Kate caminó un día entero y luego otro, hasta que los pies se le ennegrecieron y se le cubrieron de ampollas. Cada vez que se detenía, Linda le pegaba con la pala.

—Estoy perdiendo la paciencia —le advirtió Trucha.

Kate sintió un golpe de la pala en la espalda y cayó de bruces sobre el duro suelo.

—¡Levántate! —le ordenó Linda.

Ella intentó ponerse de pie.

—Hoy estamos siendo blandos contigo —dijo Trucha—. Las cosas se irán poniendo cada vez peor hasta que nos muestres el lugar.

—¡Cuidado! —gritó Linda.

Un lagarto saltó hacia ellos. Kate vio sus grandes ojos rojos.

Linda intentó golpearlo con la pala, y Trucha disparó, pero los dos fallaron.

El lagarto aterrizó en el tobillo desnudo de Kate. Sus afilados dientes negros se clavaron en la pierna. Con la lengua blanca lamió las gotitas de sangre que brotaron de la herida.

Kate sonrió. Ya no podían hacerle nada.

—Empezad a cavar —dijo.

—¿Dónde está? —grito Linda histérica.

—¿Dónde lo has enterrado? —preguntó Trucha.

Kate Barlow murió riéndose.

SEGUNDA PARTE

EL ÚLTIMO HOYO

29

EL tiempo cambió.

Para peor.

El aire adquirió una humedad insoportable. Stanley estaba empapado en sudor. Las gotas se deslizaban por el mango de la pala. Parecía que la temperatura había subido tanto que hasta el mismo aire estaba sudando.

Se oyó retumbar un trueno en el silencio del lago.

La tormenta estaba muy al oeste, más allá de las montañas. Stanley contó más de treinta segundos entre el relámpago y el estallido del trueno. Así de lejos estaba la tormenta. El sonido recorre distancias enormes en un desierto marchito.

Normalmente, Stanley no veía las montañas a aquella hora del día. Sólo eran visibles al amanecer, antes de que la bruma invadiera el aire. Ahora, sin embargo, el cielo estaba muy oscuro hacia el oeste y cada vez que brillaba un relámpago, la silueta oscura de las montañas se recortaba brevemente.

—¡Venga, lluvia! —gritó Sobaco—. ¡Ven para acá!

—A lo mejor llueve tanto que se llena todo el lago —dijo Calamar—. Y podemos ir a nadar.

—Cuarenta días y cuarenta noches —dijo Rayos X—. Será mejor que nos pongamos a construir el arca. Y hay que coger dos ejemplares de cada animal, ¿a que sí?

—Sí —dijo Zigzag—. Dos serpientes de cascabel. Dos escorpiones. Dos lagartos de pintas amarillas.

La humedad, o quizá la electricidad del aire, había puesto todavía más extraños los pelos de Zigzag. Sus rizos rubios estaban tiesos como las púas de un erizo.

El horizonte se iluminó con una enorme red de relámpagos. En aquel instante, a Stanley le pareció distinguir una extraña formación rocosa en la cima de una de las montañas. El pico tenía exactamente la forma de un puño gigante, con el pulgar extendido hacia arriba.

Y enseguida desapareció.

Stanley no estaba seguro de haberlo visto siquiera.

Encontré refugio en el pulgar de Dios, se suponía que aquellas fueron las palabras de su bisabuelo después de que Kate Barlow le robara y lo dejara abandonado en el desierto.

Nadie había sabido jamás a qué se refería. Cuando lo dijo estaba delirando.

—Pero ¿cómo pudo sobrevivir tres semanas sin comida ni agua? —le había preguntado Stanley a su padre.

—No lo sé. Yo no estaba allí —contestó él—. Yo no había nacido todavía. Mi padre no había nacido todavía. Mi abuela, tu bisabuela, era enfermera en el hospital donde lo curaron. Él siempre contaba cómo le refrescaba la frente con un paño húmedo. Y dice que por eso se enamoró de ella. Creyó que era un ángel.

—¿Un ángel de verdad?

Su padre no lo sabía.

—¿Y qué pasó cuando se recuperó? ¿Explicó qué había querido decir con el pulgar de Dios, o cómo logró sobrevivir?

—No. Sólo le echó la culpa a su padre-desastre-inútil-ladrón-de-cerdos.

La tormenta se alejó hacia el oeste, llevándose cualquier esperanza de lluvia. Pero la imagen del puño y el pulgar permanecieron en la cabeza de Stanley. Aunque, en su imaginación, los relámpagos no brillaban por detrás, sino que brotaban de la misma punta del pulgar, como si fuera el pulgar de Dios.

30

AL día siguiente era el cumpleaños de Zigzag. O por lo menos eso dijo él. Cuando todos los demás salieron de la tienda, se quedó tumbado en su camastro.

—Hoy puedo dormir más porque es mi cumpleaños.

Al rato se coló en la fila del desayuno, colocándose justo delante de Calamar. Calamar le dijo que se pusiese al final de la cola.

—Oye, que es mi cumpleaños —dijo Zigzag, y no se movió.

—No es tu cumpleaños —dijo Imán, que estaba detrás de Calamar.

—Sí que lo es —respondió Zigzag—. El ocho de julio.

Stanley estaba detrás de Imán. No sabía qué día de la semana era, y mucho menos la fecha. Puede que estuvieran a 8 de julio, pero ¿cómo lo sabía Zigzag?

Intentó calcular cuánto tiempo llevaba en el Campamento Lago Verde, si es que de verdad estaban a ocho de julio.

—Llegué el veinticuatro de mayo —dijo en voz alta—, así que he estado aquí...

—Cuarenta y seis días —dijo Zero.

Stanley estaba todavía intentando recordar cuántos días tenían mayo y junio. Miró a Zero. En cuestión de números, había aprendido a no dudar de él.

Cuarenta y seis días. Le parecía que eran mil. El primer día no había cavado un hoyo, y hoy tampoco. Lo cual quería decir que llevaba cuarenta y cuatro hoyos, si es que realmente era el 8 de julio.

—¿Puedo coger otro zumo? —le preguntó Zigzag al señor Sir—. Es mi cumpleaños.

Para sorpresa de todos, el señor Sir se lo dio.

Stanley clavó la pala en la tierra. Hoyo número cuarenta y cinco. «El hoyo cuarenta y cinco es el más duro», pensó.

Pero no era cierto y él lo sabía. Ahora estaba mucho más fuerte que cuando había llegado. Su cuerpo se había acostumbrado al calor y a las condiciones duras.

El señor Sir ya no le dejaba sin agua. Después de una semana o así teniendo que aguantar con menos agua, a Stanley le parecía que ahora tenía agua más que de sobra.

Y, claro, también ayudaba que Zero cavase parte de su hoyo todos los días, aunque tampoco era tan estupendo como pensaban todos los demás. Siempre se sentía un poco incómodo cuando Zero cavaba por él; no sabía qué hacer mientras tanto. Normalmente se quedaba un rato de pie y luego se sentaba en el suelo, con el sol golpeándole la espalda.

Era mejor que cavar.

Pero no mucho mejor.

Un par de horas más tarde, cuando amaneció, Stanley buscó «el pulgar de Dios». Las montañas eran apenas sombras negras en el horizonte.

Creyó distinguir un lugar donde la cima de una

montaña parecía sobresalir, pero no era tan impresionante. Poco después, las montañas se perdieron de vista, escondidas tras el resplandor del sol que se reflejaba en al aire sucio.

Se dio cuenta de que a lo mejor estaba cerca de donde Kate Barlow había robado a su bisabuelo. Si lo que había encontrado era su barra de labios, debía de haber vivido por aquella zona.

Zero le relevó antes de la hora del almuerzo. Stanley salió del hoyo y Zero se metió dentro.

—Eh, Cavernícola —dijo Zigzag—, deberías conseguir un látigo. Así, cuando tu esclavo baje el ritmo, le podrás dar un latigazo en la espalda.

—No es mi esclavo —contestó Stanley—. Hemos hecho un trato, eso es todo.

—Tú sí que has hecho un buen trato —dijo Zigzag.

—Fue idea de Zero, no mía.

—¿Sabes, Zig? —dijo Rayos X, acercándose—. El Cavernícola le está haciendo un favor a Zero. A Zero le gusta cavar hoyos.

—Desde luego es un tío muy majo, deja que Zero le cave su hoyo —dijo Calamar.

—Oye, ¿y yo qué? —preguntó Sobaco—. A mí también me gusta cavar. ¿Me dejas cavar a mí, Cavernícola, cuando termine Zero?

Los demás chicos se rieron.

—No, déjame a mí —dijo Zigzag—. Es mi cumpleaños.

Stanley intentó no hacerles caso. Pero Zigzag siguió insistiendo:

—Venga, Cavernícola. Sé bueno. Déjame cavar tu hoyo.

136

Stanley sonrió, como si fuera una broma.

Cuando el señor Peraski llegó con el agua y la comida, Zigzag le ofreció a Stanley su lugar en la cola.

—Como eres mucho mejor que yo...

Stanley se quedó donde estaba.

—Yo no he dicho que fuera mej...

—Le estás insultando, Zig —dijo Rayos X—. ¿Por qué iba a querer tu sitio, cuando se merece estar el primero de todos? Es mejor que todos nosotros. ¿Verdad que sí, Cavernícola?

—No —dijo Stanley.

—Claro que sí —dijo Rayos X—. Ponte aquí delante, donde te corresponde.

Stanley dudó y luego se puso a la cabecera.

—Hombre, esto es nuevo —dijo el señor Peraski al salir de la camioneta. Llenó la cantimplora de Stanley y le dio la bolsa con el almuerzo.

Stanley se sintió aliviado de alejarse de allí. Se sentó entre su hoyo y el de Zero. Se alegraba de que ya hubiera llegado el momento de volver a cavar su propio hoyo. A lo mejor así le dejaban en paz. Tal vez fuera mejor que Zero no cavase más por él. Pero tenía que ahorrar energía para ser un buen profesor.

Dio un bocado a su sándwich, que contenía una mezcla de carne y queso salida directamente de una lata. Casi todas las cosas de Lago Verde eran de lata. El camión traía las provisiones una vez al mes.

Levantó la vista y vio a Zigzag y a Calamar caminando hacia él.

—Te doy mi galleta si me dejas cavar tu hoyo —dijo Zigzag.

Calamar se echó a reír.

—Toma, mi galleta —dijo Zigzag, poniéndosela delante de la cara.

—Déjame en paz —dijo Stanley.

—Por favor, cómete mi galleta —dijo Zigzag, poniéndosela debajo de la nariz.

Calamar se reía.

Stanley apartó la galleta. Zigzag lo empujó.

—¡No me empujes!

—No te he empujado —Stanley se levantó. Miró a su alrededor. El señor Peraski estaba llenando la cantimplora de Zero. Zigzag le volvió a empujar.

Stanley dio un paso atrás, con cuidado para no caer en el hoyo de Zero. Zigzag le siguió. Le dio otro empujón y dijo:

—¡Que no me empujes!

—Déjalo ya —dijo Sobaco cuando Imán y Rayos X se acercaron.

—¿Por qué? —saltó Rayos X—. El Cavernícola es más grande. Puede cuidarse solo.

—No quiero problemas —dijo Stanley. Zigzag le empujó más fuerte.

—Que te comas mi galleta.

Stanley se alegró al ver llegar al señor Peraski y a Zero.

—Hola, Mami —dijo Sobaco—. Estábamos de broma.

—Ya me he dado cuenta de qué va esto —dijo el señor Peraski. Se volvió hacia Stanley—. Vamos, Stanley. Pégale. Eres más grande que él.

Stanley miró al señor Peraski, atónito.

—Enséñale una lección a este bravucón —dijo el señor Peraski.

Zigzag le dio una fuerte palmada en el hombro.

—Enséñame una lección —le desafió.

Stanley hizo un débil intento de golpear a Zigzag, y sintió una lluvia de puñetazos sobre la cabeza y el cuello. Zigzag lo había agarrado por el cuello del mono con una mano y le estaba golpeando con la otra. El cuello se desgarró y Stanley cayó de espaldas al suelo.

—¡Basta ya! —gritó el señor Peraski.

Pero Zigzag no había tenido bastante. Saltó encima de Stanley.

—¡Para! —gritó el señor Peraski.

La mejilla de Stanley estaba aplastada contra el suelo. Intentó protegerse, pero los puños de Zigzag le golpeaban en los brazos, incrustándole el rostro en la tierra.

Lo único que podía hacer era esperar a que terminara.

Y, de repente, Zigzag ya no estaba sobre él. Stanley consiguió levantar la vista y vio el brazo de Zero enroscado en el largo cuello de Zigzag.

Zigzag boqueaba mientras intentaba desesperadamente librarse del brazo de Zero.

—¡Lo vas a matar! —gritó el señor Peraski.

Zero siguió apretando.

Sobaco se lanzó sobre ellos, y liberó a Zigzag de la llave de Zero. Los tres cayeron al suelo en direcciones distintas.

El señor Peraski dio un disparo al aire.

* * *

Los otros monitores llegaron corriendo desde la oficina, las tiendas y otros puntos del lago. Traían las pistolas en la mano, pero las enfundaron cuando se dieron cuenta de que la pelea había terminado.

Vigilante llegó a pie desde su cabaña.

—Ha habido una revuelta —le dijo el señor Peraski—. Zero ha estado a punto de estrangular a Zigzag.

Vigilante miró a Zigzag, que todavía estaba dándose masajes en el cuello. Luego se volvió a Stanley que, obviamente, se encontraba en peores condiciones.

—¿Y a ti qué te ha pasado?

—Nada. No ha sido una revuelta.

—Ziggy estaba dándole una paliza al Cavernícola —dijo Sobaco—. Luego, Zero ha empezado a estrangular a Zigzag, y yo he tenido que quitárselo de encima. La bronca ha terminado antes de que Mami disparara su pistola.

—Se les ha ido un poco de las manos, eso es todo —dijo Rayos X—. Ya sabe lo que pasa. Todo el día bajo el sol. La gente se calienta, ¿no? Pero ahora ya están todos tranquilos.

—Ya veo —dijo Vigilante. Se volvió a Zigzag—. ¿Qué te pasa? ¿No te han regalado un perrito por tu cumpleaños?

—Es que Zig se calienta enseguida —dijo Rayos X—. Todo el día bajo el sol. Ya sabe lo que pasa. La sangre empieza a hervir.

—¿Es eso lo que ha pasado, Zigzag?

—Sí —dijo Zigzag—. Como ha dicho Rayos X. Trabajando tan duro bajo el sol, mientras el Cavernícola está ahí sentado sin hacer nada. Me hervía la sangre.

—¿Perdón? —dijo Vigilante—. El Cavernícola cava sus hoyos, como todos los demás.

Zigzag se encogió de hombros.

—A veces.

—¿Perdón?

—Zero cava parte del hoyo del Cavernícola todos los días —dijo Calamar.

Vigilante miró a Calamar, luego a Stanley y por último a Zero.

—Le estoy enseñando a leer y escribir —dijo Stanley—. Es una especie de trueque. Y el hoyo se acaba igual, ¿qué más da quién lo haga?

—¿Perdón? —dijo Vigilante.

—¿No es más importante que él aprenda a leer? —preguntó Stanley—. ¿No es mejor para desarrollar el carácter que cavar hoyos?

—Mejor para su carácter —dijo Vigilante—. ¿Y qué pasa con el tuyo?

Stanley encogió un hombro. Vigilante se volvió hacia Zero.

—A ver, Zero, ¿qué has aprendido hasta ahora?

Zero no dijo nada.

—¿Has estado cavando el hoyo del Cavernícola para nada? —le preguntó Vigilante.

—Le gusta cavar hoyos —dijo el señor Peraski.

—Dime qué aprendiste ayer —dijo Vigilante—. Seguro que te acuerdas de eso.

Zero no dijo nada.

El señor Peraski se echó a reír. Cogió una pala y dijo:

—¡Es como enseñar a leer a esta pala! Tiene más cerebro que Zero.

—Aprendí el sonido «ato» —dijo Zero.

—El sonido «ato» —repitió Vigilante—. A ver, dime, ¿cómo se dice ge, a, te, o?

Zero miró a su alrededor, incómodo.

Stanley sabía que sabía la respuesta. Pero a Zero no le gustaba contestar preguntas.

—Gato —contestó Zero.

El señor Peraski aplaudió.

—¡Bravo! ¡Bravo! ¡Es un genio!

—¿Pe, a, te, o? —preguntó Vigilante.

Zero pensó un momento. Stanley no le había enseñado todavía la pe.

—Pe —susurró Zero—. Pe, ato. Pato.

—¿Y che, a, te, o? —preguntó Vigilante.

Stanley tampoco le había enseñado el sonido «che».

Zero se concentró y dijo:

—Hato —aspirando la hache.

Todos los monitores se rieron.

—¡Desde luego, es un genio! —dijo el señor Peraski—. Es tan estúpido que ni siquiera sabe que es estúpido.

Stanley no sabía por qué el señor Peraski la había tomado con Zero. Si el señor Peraski se hubiera parado a pensar un momento, se habría dado cuenta de que era muy lógico que Zero pensara que la letra hache hacía el sonido «che».

—Vale, de ahora en adelante, no quiero que nadie cave hoyos que no son suyos —dijo Vigilante—. Y nada de clases de lectura.

—No pienso cavar otro hoyo —dijo Zero.

—Muy bien —dijo Vigilante. Se volvió hacia Stanley—. ¿Sabes por qué estás cavando hoyos? Porque es bueno para ti. Te enseña una lección. Si Zero cava por ti, entonces no aprendes tu lección, ¿verdad?

—Me imagino que no —farfulló Stanley, aunque sabía que no estaban cavando únicamente para aprender una lección. Ella estaba buscando algo, algo que pertenecía a Kate «Besos» Barlow.

—¿Y por qué no puedo cavar mi hoyo y además enseñar a leer a Zero? —preguntó Stanley—. ¿Qué hay de malo en eso?

—Te voy a decir qué hay de malo —dijo Vigilante—. Sólo crea problemas. Zero casi mata a Zigzag.

—Le causa estrés —dijo el señor Peraski—. Sé

que lo haces con buena intención, Stanley, pero tienes que aceptarlo. Zero es demasiado estúpido para aprender a leer. Por eso le hierve la sangre. No es el sol.

—No pienso cavar otro hoyo —repitió Zero.

El señor Peraski le pasó la pala.

—Toma, Zero. Es para lo único que sirves.

Zero cogió la pala.

La empuñó como un bate de béisbol.

La hoja de metal se estrelló contra la cara del señor Peraski. Se le doblaron las rodillas y perdió el conocimiento antes de caer al suelo.

Todos los monitores sacaron las armas.

Zero sostenía la pala lejos de su cuerpo, como si pretendiera batear todas las balas.

—Odio cavar hoyos —dijo. Y muy despacio empezó a retroceder.

—No disparéis —dijo Vigilante—. No puede ir a ninguna parte. Lo único que nos hace falta es una investigación.

Zero siguió retrocediendo. Pasó el montón de hoyos que el grupo había estado cavando y se adentró cada vez más en el interior del lago.

—Tendrá que volver a por agua —dijo Vigilante.

Stanley vio la cantimplora de Zero en el suelo, cerca de su hoyo.

Un par de monitores ayudaron al señor Peraski a ponerse de pie y lo subieron en la camioneta.

Stanley miró hacia Zero, pero había desaparecido entre la neblina.

Vigilante ordenó a los monitores que hicieran turnos montando guardia en las duchas y en la Nada, todo el día y toda la noche. Tenían instrucciones de no dejarle beber. Cuando regresara, debían llevarle directamente a su cabaña.

Se examinó las uñas y dijo:

—Ya me va tocando volverme a pintar las uñas.

Antes de despedirse, les dijo a los seis restantes miembros del Grupo D que seguía esperando siete hoyos.

31

Stanley clavó la pala en la tierra con rabia. Estaba enfadado con todos: con el señor Peraski, Vigilante, Zigzag, Rayos X y su tatarabuelo-desastre-inútil-ladrón-de-cerdos. Pero sobre todo estaba enfadado consigo mismo.

Sabía que no debía haber dejado que Zero cavara parte de su hoyo. Podía haberle enseñado a leer de todas formas. Si Zero era capaz de cavar todo el día y todavía le quedaban fuerzas para aprender, él tenía que haber sido capaz de cavar todo el día y tener fuerzas para enseñarle.

Y lo que debía hacer, pensó, era salir en busca de Zero.

Pero no lo hizo.

Ninguno de los otros le ayudó a cavar el hoyo de Zero, y él tampoco lo esperaba. Zero le había estado ayudando a cavar su hoyo. Ahora le tocaba a él cavar el de Zero.

Permaneció en el lago durante la parte más calurosa del día, mucho después de que todos los demás se hubieran marchado. De vez en cuando buscaba a Zero con la mirada, pero Zero no regresó.

Habría sido fácil salir detrás de Zero. No había nadie para impedírselo. No dejaba de pensar que eso era lo que tenía que hacer.

Quizá pudieran escalar juntos hasta la cima del Gran Pulgar.

Si no estaba tan lejos. Y si era en realidad el mismo lugar donde su bisabuelo había encontrado refugio. Y si, cien años después de eso, todavía seguía habiendo agua.

No parecía muy probable. Sobre todo al ver cómo se había secado todo el lago.

E incluso si encontraban refugio en el Gran Pulgar, pensó, al final tendrían que terminar regresando. Y entonces deberían enfrentarse los dos a Vigilante y a sus uñas de serpiente de cascabel.

En vez de eso se le ocurrió una idea mejor, aunque todavía no tenía todo bien atado. Pensó que tal vez podría hacer un trato con Vigilante. Le diría dónde había encontrado de verdad el tubo dorado si ella no arañaba a Zero.

No estaba seguro de cómo hacer ese trato sin meterse en un lío todavía mayor. Ella podría decir: «Dime dónde lo has encontrado o te araño a ti también». Además, de esa forma también involucraría a Rayos X. Y quizá ella le arañara también.

Rayos X se convertiría en su enemigo durante los próximos dieciséis meses.

Clavó la pala en la tierra.

A la mañana siguiente Zero seguía sin aparecer. Stanley vio a uno de los monitores haciendo guardia junto al grifo del agua en la pared de las duchas.

El señor Peraski tenía los dos ojos morados y un vendaje sobre la nariz.

—Siempre supe que era estúpido —le oyó decir Stanley.

Al día siguiente Stanley sólo tuvo que cavar un hoyo. Mientras trabajaba, miraba constantemente por si veía a Zero, pero no lo vio. Volvió a considerar salir al lago a buscarlo, pero empezó a darse cuenta de que era demasiado tarde.

Su única esperanza era que Zero hubiera encontrado el pulgar de Dios por su cuenta. No era imposible. Su bisabuelo lo había encontrado. Por alguna razón, su bisabuelo había sentido el impulso de subir a la cima de aquella montaña. Tal vez Zero sintiera lo mismo.

Si era la misma montaña. Si todavía había agua.

Intentó convencerse de que no era imposible. Sólo unos días antes había habido una tormenta. Quizá el Gran Pulgar era una especie de depósito natural de agua y almacenaba la lluvia.

No era imposible.

Volvió a la tienda y se encontró con Vigilante, el señor Sir y el señor Peraski esperándole.

—¿Has visto a Zero? —le preguntó Vigilante.

—No.

—¿Ni rastro de él?

—No.

—¿Tienes idea de dónde ha ido?

—No.

—Sabes que no le haces ningún favor mintiendo —dijo el señor Sir—. No puede sobrevivir ahí fuera más de un día o dos.

—No sé dónde está.

Los tres miraron a Stanley como intentando adivinar si decía la verdad. La cara del señor Peraski estaba tan hinchada que apenas podía abrir los ojos. Eran como dos líneas.

—¿Estás seguro de que no tiene familia? —preguntó Vigilante al señor Peraski.

—Está bajo custodia del Estado —contestó el señor Peraski—. Cuando lo arrestaron vivía en la calle.

—¿Habrá alguien que pueda hacer preguntas? ¿Algún asistente social que se interesara por él?

—No tenía a nadie —contestó el señor Peraski—. No era nadie.

Vigilante pensó unos instantes.

—Está bien, quiero que destruyas su expediente completo.

El señor Peraski asintió.

—Nunca ha estado aquí —dijo Vigilante.

El señor Sir asintió.

—¿Puedes entrar en los ordenadores del Estado? —le preguntó al señor Peraski—. No quiero que la gente de la oficina del fiscal general sepa que ha estado aquí.

—No creo que pueda borrarlo de todos los ordenadores —dijo el señor Peraski—. Hay demasiadas referencias cruzadas. Pero puedo conseguir que sea muy difícil encontrar información sobre él. De todas formas, como digo, no lo va a buscar nadie. Héctor Zeroni no le importa a nadie.

—Muy bien —dijo Vigilante.

32

Dos días más tarde asignaron un chico nuevo al Grupo D. Se llamaba Brian, pero Rayos X le puso Tic porque no paraba de moverse. Tic recibió el camastro de Zero, y su cajón.

Las plazas libres no suelen durar mucho en el Campamento Lago Verde.

Tic había sido arrestado por robar un coche. Decía que era capaz de abrir un coche, desconectar la alarma y hacer un puente en menos de un minuto.

—Yo nunca planeo robarlos, sabéis —les contó—. Pero a veces, sabéis, paso cerca de un coche muy chulo, aparcado en una zona desierta, y, sabéis, me pongo nervioso. Si os parece que ahora tengo un tic, es porque no me habéis visto cuando estoy cerca de un coche. En un abrir y cerrar de ojos estoy detrás del volante.

Stanley estaba tumbado entre las sábanas ásperas. Se le ocurrió que su camastro ya no olía tan mal. Se preguntó si el olor habría desaparecido, o si se había acostumbrado a él.

—Oye, Cavernícola —dijo Tic—. ¿De verdad tenemos que levantarnos a las cuatro y media de la mañana?

—Te acabas acostumbrando —le dijo Stanley—. Es la parte más fresca del día.

Intentó no pensar en Zero. Era demasiado tarde. O había llegado al Gran Pulgar o...

Lo que más le preocupaba, sin embargo, no era que fuera demasiado tarde. Lo que más le preocupaba, lo que le carcomía por dentro, era el temor de que *no fuera* demasiado tarde.

¿Y si Zero estaba todavía vivo, arrastrándose desesperadamente por el desierto buscando agua?

Intentó quitarse aquella imagen de la cabeza.

A la mañana siguiente, en el lago, Stanley escuchaba mientras el señor Sir le explicaba a Tic cómo tenía que ser su hoyo.

—Tan profundo y tan ancho como tu pala.

Tic no se estaba quieto. Tamborileaba con los dedos contra el mango de madera de la pala y balanceaba el cuello de un lado a otro.

—Después de cavar todo el día, ya verás como no te mueves tanto —le dijo el señor Sir—. No te va a quedar fuerza ni para menear el dedo meñique —se metió un puñado de pipas en la boca, las masticó con habilidad, y escupió las cáscaras—. No estamos en un campamento de señoritas.

La camioneta del agua llegó poco después del amanecer. Stanley se puso a la cola detrás de Imán y delante de Tic.

«¿Y qué pasa si no es demasiado tarde?»

Se quedó mirando cómo el señor Sir llenaba las cantimploras. La imagen de Zero arrastrándose por la arena ardiente no le había abandonado.

Pero ¿qué podía hacer él? Incluso si Zero estaba vivo después de más de cuatro días, ¿cómo iba a encontrarlo? Harían falta días. Necesitaría un coche.

O una camioneta. Una camioneta con un tanque de agua en la parte trasera.

Stanley se preguntó si el señor Sir habría dejado las llaves puestas.

Lentamente, se fue alejando de la fila y dio la

vuelta por el costado de la camioneta. Miró por la ventanilla. Las llaves estaban allí, colgando en su sitio.

Stanley sintió que los dedos le cosquilleaban.

Respiró hondo para tranquilizarse e intentó pensar con claridad. No sabía conducir.

Pero no podía ser muy difícil.

«Es una verdadera locura», se dijo. Pero si iba a hacer algo, sabía que tenía que darse prisa y decidirse antes de que el señor Sir se diese cuenta.

«Es demasiado tarde», se dijo. Era imposible que Zero hubiera sobrevivido.

Pero ¿y si no era demasiado tarde?

Volvió a respirar hondo. «Piénsalo bien», se dijo, pero no había tiempo para pensar. Abrió la puerta y rápidamente se subió a la camioneta.

—¡Eh! —gritó el señor Sir.

Giró la llave y pisó el pedal hasta el fondo. El motor rugió, pero la camioneta no se movió.

El señor Sir rodeó el vehículo corriendo. La puerta todavía estaba abierta.

—¡Mete la marcha! —gritó Tic.

La palanca de cambios automática estaba en el suelo, junto al asiento. Stanley la echó hacia atrás, hasta la posición de avanzar.

El camión dio un salto hacia adelante, lanzando a Stanley contra el asiento. Se agarró con fuerza al volante mientras el camión aceleraba. Tenía el acelerador pisado a fondo.

El camión avanzaba cada vez más rápido por el lecho seco del lago. Dio un salto sobre un montón de tierra. De repente Stanley salió proyectado hacia delante, y de nuevo otra vez hacia atrás cuando el *airbag* le explotó en la cara. Se cayó por la portezuela abierta hasta dar contra el suelo.

Se había metido directamente en un hoyo.

Se quedó tumbado en la tierra mirando al camión, que estaba de lado. Suspiró. Esta vez no podía echarle la culpa a su tatarabuelo-desastre-inútil-ladrón-de-cerdos. Esta vez era culpa suya, al cien por cien. Probablemente acababa de hacer la cosa más estúpida de su corta y miserable vida.

Consiguió ponerse de pie. Estaba magullado, pero creía que no se había roto ningún hueso. Observó al señor Sir, que se había quedado en el mismo lugar, mirándolo fijamente.

Echó a correr. Llevaba la cantimplora colgada alrededor del cuello. Al correr le iba golpeando contra el pecho y, con cada golpe, le recordaba que estaba vacía, vacía, vacía.

33

SE puso a andar más despacio. Parecía que nadie le perseguía. Oyó voces procedentes de donde estaba la camioneta, pero no entendía qué decían. De vez en cuando se oía el motor, revolucionado, pero esa camioneta no iría a ninguna parte durante un buen rato.

Se encaminó hacia donde él creía que estaba el Gran Pulgar. La bruma le impedía verlo.

Caminar lo ayudó a calmarse y pudo pensar con claridad. Dudaba que pudiera llegar al Gran Pulgar, y sin agua en la cantimplora, no quería arriesgar su vida con la esperanza de encontrar refugio allí. Tendría que regresar al campamento. Lo sabía. Pero no tenía ninguna prisa. Sería mejor volver más tarde, cuando todo el mundo hubiera tenido tiempo de calmarse. Y ya que había llegado tan lejos, podía aprovechar para buscar a Zero.

Decidió ir hasta donde le aguantaran las fuerzas, hasta que estuviera demasiado cansado para seguir, y luego se daría la vuelta y regresaría.

Sonrió y pensó que aquello no iba a funcionar. Tendría que ir sólo hasta la *mitad*, la mitad de todo lo que pudiese aguantar, y así todavía le quedarían fuerzas para regresar. Entonces tendría que hacer un trato con Vigilante, decirle dónde había encontrado la barra de labios de Kate Barlow, y suplicar clemencia.

Le sorprendió ver hasta dónde llegaban los hoyos. Ni siquiera se veía el campamento, y todavía seguía pasando hoyos. Justo cuando pensaba que aquel era el último, se encontraba con otro grupo de ellos, un poco más lejos.

Cuando estaban en el campamento, cavaban siguiendo un orden sistemático, fila tras fila, dejando espacio para el camión del agua. Pero aquí no había ningún orden. Parecía como si, de vez en cuando, en un ataque de frustración, Vigilante eligiese un punto al azar y dijera: «¡Qué demonios, cavad aquí mismo!». Era como intentar adivinar los números ganadores en la bonoloto.

Stanley miraba cada hoyo que pasaba, pero no quería admitir lo que estaba buscando.

Después de más de una hora, pensó que ya no quedaban más agujeros, pero un poco a la izquierda vio otro montón de ellos. En realidad no vio los hoyos, sino las pilas de arena que los rodeaban.

Pasó por encima de una pila y miró en el primer hoyo. El corazón se le paró.

En el fondo había una familia de lagartos de pintas amarillas. Lo miraron con sus grandes ojos rojos.

Saltó hacia atrás y echó a correr.

No sabía si lo perseguían, pero le pareció ver a uno saliendo del agujero.

Corrió hasta que no pudo más, y se derrumbó. No le habían seguido.

Se sentó un rato y recuperó el aliento. Al levantarse, creyó ver algo a lo lejos, a unos cincuenta metros. No parecía gran cosa, quizá sólo una roca de buen tamaño, pero en una extensión de nada, cualquier cosita parecía inusual.

Caminó despacio hacia allí. El encuentro con los lagartos le había vuelto muy cauteloso.

Resultó ser un saco vacío de pipas de girasol. Se preguntó si sería el mismo que Imán le había robado al señor Sir, aunque no parecía probable.

Le dio la vuelta, y encontró una pipa enganchada en las costuras.

Su almuerzo.

EL sol estaba casi directamente en la vertical. Calculó que no podría caminar más de una hora, quizá dos, antes de darse la vuelta.

Aquello no tenía sentido. Veía que no había nada delante de él. Nada más que vacío. Estaba cansado, tenía calor, hambre y, sobre todo, sed. Quizá debía darse la vuelta allí mismo. Quizá ya había recorrido *la mitad* y no se había dado cuenta.

Entonces, al mirar en derredor, vio un charco de agua a menos de cien metros. Cerró los ojos y los volvió a abrir para asegurarse de que no se lo estaba imaginando. El charco seguía allí.

Se apresuró en esa dirección. Y el charco se iba alejando de él, moviéndose al mismo tiempo que él, parándose cuando él se paraba.

No había agua. Era un espejismo causado por las refulgentes olas de calor que salían del suelo ardiente.

Siguió caminando. Todavía llevaba el saco de pipas vacío. No sabía si encontraría algo para guardar en él.

Al cabo de un rato le pareció distinguir la silueta de las montañas a través de la niebla. Al principio no estaba seguro de si sería otro tipo de espejismo, pero cuanto más caminaba, más claro las percibía. Casi en línea recta, vio una con forma de puño, con el pulgar levantado.

No sabía a qué distancia estaría. ¿Diez kilómetros? ¿Cincuenta? Una cosa era evidente, estaba más allá de la mitad del camino.

Siguió andando en esa dirección, sin saber por qué. Sabía que tendría que darse la vuelta antes de llegar. Pero cada vez que lo miraba, el puño parecía animarle, haciéndole el signo de *okay*.

Al continuar la marcha percibió un objeto grande en el lago. No sabía lo que era, ni siquiera si era un fenómeno natural o hecho por el hombre. Parecía un arbolito caído, aunque aquel no era un lugar propicio para que creciera un árbol. Lo más probable es que se tratara de un montículo de tierra o rocas.

El objeto, fuera lo que fuese, no estaba de camino al Gran Pulgar, sino un poco a la derecha. Intentó decidir si llegar hasta él o seguir hasta el Gran Pulgar. O quizá darse la vuelta.

Determinó que no tenía sentido seguir hacia el Gran Pulgar. No llegaría nunca. Era como intentar llegar a la luna. Pero el objeto misterioso sí estaba a su alcance.

Cambió el rumbo. Seguramente no sería nada, pero el hecho de que hubiese *algo* en medio de aquella *nada* le impedía pasar de largo. Decidió que aquel objeto marcaría la mitad del trayecto y confió en no haber ido demasiado lejos.

Al descubrir lo que era se rió para sus adentros. Era una barca, o al menos parte de una. Le hizo gracia ver una barca en medio de aquel desierto árido y vacío. Pero cayó en la cuenta de que, al fin y al cabo, en algún momento había sido un lago.

El bote estaba boca abajo, medio enterrado.

Alguien se habría ahogado allí, pensó con amar-

157

gura, en el mismo sitio en el que él podría morir de sed.

La barca tenía un nombre pintado en la parte de atrás. La pintura de las letras rojas se había descascarillado y descolorido, pero Stanley fue capaz de leer el nombre boca abajo: *Mary Lou.*

En un lado de la barca había un montón de tierra y un túnel que llevaba debajo del bote. Parecía lo bastante amplio para un animal de buen tamaño.

Oyó un ruido. Algo se movió debajo de la embarcación.

Y estaba saliendo a la superficie.

—¡Eh! —gritó Stanley, con idea de asustarlo y que se quedase dentro. Tenía la boca seca y era difícil gritar muy alto.

—¡Eh! —respondió débilmente aquella cosa.

Y entonces una mano oscura y una manga naranja aparecieron por la boca del túnel.

35

EL rostro de Zero parecía una calabaza de *halloween* muchos días después de la fiesta: marchita, con los ojos hundidos y una sonrisa de medio lado.

—¿Tienes agua? —preguntó.

Su voz sonó débil y rasposa. Tenía los labios tan pálidos que estaban casi blancos, y habló como si la lengua se le moviera por la boca sin ton ni son, estorbando más que otra cosa.

—Está vacía —dijo Stanley, y se quedó sorprendido mirando a Zero, sin acabar de creerse que fuera real—. He intentado traerte la camioneta del agua, pero —sonrió ruborizándose— la he metido en un hoyo. No me puedo creer que estés...

—Yo tampoco —dijo Zero.

—Vamos, tenemos que volver al campamento.

Zero negó con la cabeza.

—No pienso volver.

—Tienes que hacerlo. Bueno, los dos.

—¿Quieres un poco de *Sploosh*?

—¿Qué?

Zero se protegió los ojos con el antebrazo.

—Debajo de la barca se está más fresco —dijo.

Stanley vio cómo Zero entraba otra vez gateando a su agujero. Era un milagro que todavía estuviese vivo, pero Stanley sabía que debía llevarle pronto al campamento, aunque fuera a cuestas.

Se arrastró detrás de él. A duras penas cupo en el túnel. Si lo hubiera intentado nada más llegar al Campamento Lago Verde, no habría podido pasar. Había adelgazado muchísimo.

Al llegar al final, su pierna chocó con un objeto duro y afilado. Era una pala. Por un segundo Stanley se preguntó qué hacía allí, pero luego recordó que Zero se la había llevado después de golpear al señor Peraski.

Debajo del bote enterrado en la tierra hacía menos calor. En el fondo de la embarcación, ahora el tejado, había suficientes grietas y agujeros para proporcionar luz y ventilación. Vio algunos tarros vacíos esparcidos por el suelo.

Zero tenía uno en la mano y resopló al intentar abrirlo.

—¿Qué es eso?

—*Sploosh* —dijo con la voz ronca por el esfuerzo de abrir el tarro—. Así lo llamo yo. Estaban enterrados debajo de la barca —seguía sin poder destaparlo—. Encontré dieciséis tarros. Pásame la pala.

Stanley no tenía mucho espacio para moverse. Tanteó con la mano a su espalda, agarró el mango de la pala y se la pasó a Zero.

—A veces hay que... —dijo Zero, golpeando el tarro contra la hoja de la pala y rompiendo limpiamente la parte superior. Rápidamente se llevó el recipiente a la boca y lamió el *Sploosh* del borde antes de que se derramara.

—Cuidado —le advirtió Stanley.

Zero recogió la tapa desportillada y lamió los restos del *Sploosh* que quedaban allí también. Luego le pasó el tarro a Stanley.

—Bebe un poco.

Stanley lo cogió y lo estudió un momento. El

cristal roto le daba miedo. Y también le daba miedo el *Sploosh*. Parecía fango. Se dio cuenta de que, fuera lo que fuese, estaba en el bote desde antes de que se hubiera hundido. Eso quería decir que tendría más de cien años. Cualquiera sabía la cantidad de bacterias que vivirían allí.

—Está bueno —le animó Zero.

Stanley dudaba que Zero supiera lo que eran las bacterias. Se llevó el tarro a la boca y dio un sorbo con cuidado.

Era un néctar cálido, espumoso, denso y dulce. Bajó por la boca reseca y la garganta dolorida y Stanley lo encontró divino. Pensó que, en otros tiempos, quizá hubiera sido algún tipo de fruta, tal vez melocotones. Zero sonrió.

—Está bueno, ya te lo he dicho.

Stanley no quería beber demasiado, pero no podía resistirse. Se pasaron el tarro de uno a otro hasta dejarlo vacío.

—¿Cuántos quedan? —preguntó.

—Ninguno —dijo Zero. Stanley se quedó con la boca abierta.

—Entonces tengo que llevarte de vuelta —dijo.

—No pienso cavar más hoyos —dijo Zero.

—No te obligarán a cavar —prometió Stanley—. Probablemente te envíen a un hospital, como a Vomitona.

—Vomitona pisó una serpiente de cascabel —dijo Zero.

Stanley recordó que él había estado a punto de hacer lo mismo.

—Supongo que no oiría el cascabel.

—Lo hizo a propósito —dijo Zero.

—¿Tú crees?

—Primero se quitó el zapato y el calcetín.

Stanley se estremeció al imaginar la escena.

—¿Qué es Mar-ye Ele-o-u? —preguntó Zero.

—¿Qué?

Zero se concentró.

—Mar-ye Ele-o-u.

—No tengo ni idea.

—Te lo enseñaré —dijo Zero, arrastrándose fuera del túnel.

Stanley le siguió. Al salir al exterior, tuvo que protegerse los ojos de la luz del sol.

Zero dio la vuelta a la barca y señaló las letras que estaban boca abajo.

—Mm-ar-ye L-o-u.

Stanley sonrió.

—Mary Lou. Es el nombre de la barca.

—Mary Lou —repitió Zero estudiando las letras—. Yo creía que la y griega hacía el sonido «ye».

—Sí, a veces —dijo Stanley—. Pero no cuando va sola o está al final de una palabra. A veces la y griega es una vocal, y a veces una consonante.

Zero gimió de repente. Se sujetó el estómago y se dobló hacia adelante.

—¿Estás bien?

Zero cayó al suelo. Se quedó tumbado de lado, con las rodillas encogidas, junto al pecho. Y siguió gimiendo.

Stanley lo miraba sin saber qué hacer. Se preguntó si sería el *Sploosh*. Miró hacia el Campamento Lago Verde. Al menos en la dirección hacia donde creía que se encontraba. No estaba seguro del todo.

Zero dejó de gemir y poco a poco se enderezó.

—Te voy a llevar otra vez al campamento.

Zero consiguió sentarse. Respiró hondo varias veces.

—Mira, tengo un plan para que no nos castiguen

162

—le aseguró—. ¿Te acuerdas dónde encontré el tubo dorado? Acuérdate, se lo di a Rayos X, y Vigilante se puso como loca y nos hizo cavar donde ella pensaba que Rayos X lo había encontrado. Creo que si le digo dónde estaba de verdad, no nos hará nada.

—No pienso volver —contestó Zero.

—No tienes otro sitio adonde ir —dijo Stanley.

Zero no dijo nada.

—Aquí te vas a morir —siguió Stanley.

—Pues me moriré.

Stanley no sabía qué hacer. Había venido a rescatar a Zero y en vez de eso se había bebido el último tarro de su *Sploosh*. Miró a lo lejos.

—Quiero que veas una cosa.

—No pienso...

—Solo mira un momento aquella montaña. ¿Ves la que tiene una cosa que sobresale en la cima?

—Sí, creo que sí.

—¿Qué te recuerda? ¿No te recuerda algo?

Zero no dijo nada pero, mientras estudiaba la montaña, cerró la mano lentamente formando un puño. Y levantó el dedo pulgar. Sus ojos iban de la montaña a la mano, y otra vez a la montaña.

36

Pusieron cuatro tarros que no estaban rotos en el saco de las pipas, por si les servían de algo; Stanley llevaba el saco y Zero la pala.

—Te advierto una cosa —le dijo Stanley—. No soy precisamente el tío más afortunado del mundo.

A Zero no le preocupaba.

—Cuando te has pasado toda la vida viviendo en un hoyo —dijo—, la única manera de avanzar es hacia arriba.

Se hicieron el signo de la buena suerte, los puños cerrados con los dedos apuntando hacia arriba, y se pusieron en marcha.

Eran las horas más calurosas del día. La cantimplora vacía-vacía-vacía de Stanley seguía colgada de su cuello. Volvió a pensar en el camión del agua, y deseó haberse parado a llenar la cantimplora antes de escaparse.

No habían ido muy lejos cuando Zero tuvo otro ataque. Se agarró el estómago y se dejó caer al suelo.

Lo único que podía hacer Stanley era esperar a que se le pasara. El *Sploosh* le había salvado la vida a Zero, pero ahora lo estaba destrozando por dentro. Se preguntó cuánto tiempo tardaría él también en sentir los efectos.

Miró al Gran Pulgar. No parecía más cerca que

cuando habían salido. Zero respiró hondo y consiguió sentarse.

—¿Puedes andar? —le preguntó Stanley.

—Espera un segundo —dijo Zero. Volvió a respirar hondo y, apoyándose en la pala, se puso de pie. Le hizo a Stanley el gesto con los pulgares levantados y continuaron.

A veces Stanley intentaba avanzar un buen rato sin mirar al Gran Pulgar. Hacía una fotografía mental de él, y luego esperaba unos diez minutos antes de volver a mirar, para ver si estaba más cerca.

Pero nunca se aproximaba. Era como intentar alcanzar la luna.

Y si es que llegaban allí, aún tendrían que subirlo.

—Me pregunto quién sería —dijo Zero.

—¿Quién?

—Mary Lou —dijo Zero.

Stanley sonrió.

—Me figuro que sería una persona de verdad en un lago de verdad. Es difícil de imaginar.

—Seguro que era guapa —dijo Zero—. Alguien debe de haberla querido mucho para ponerle su nombre a una barca.

—Sí —dijo Stanley—. Seguro que estaba guapísima en bañador, sentada en la barca mientras su novio remaba.

Zero usaba la pala como una tercera pierna. Las dos que tenía no eran suficientes para mantenerlo de pie.

—Tengo que hacer un descanso —dijo al cabo de un rato.

Stanley miró al Gran Pulgar. Seguía estando igual de lejos. Temía que si Zero se paraba, no iba a ser capaz de volver a caminar.

—Ya casi estamos —le dijo.

Intentó calcular qué estaría más cerca, el Campamento Lago Verde o el Gran Pulgar.

—Me tengo que sentar, de verdad.

—Mira a ver si puedes seguir un poco.

Zero se derrumbó. La pala se quedó de pie una fracción de segundo, en perfecto equilibrio sobre la punta de la hoja, y luego cayó a su lado.

Zero se arrodilló, inclinándose con la cabeza apoyada en el suelo. Stanley le oía gemir débilmente. Miró la pala y no pudo evitar pensar que quizá tuviera que usarla para cavar una tumba. El último hoyo de Zero.

«¿Y quién cavará mi tumba?», pensó.

Pero Zero se incorporó, otra vez levantando los pulgares en señal de buena suerte.

—Dame unas cuantas palabras —dijo en un hilo de voz. Stanley tardó un poco en entender qué quería. Luego sonrió y dijo:

—Erre, o, ese, a.

Zero probó:

—Rr-o-sa. Rrosa. Rosa.

—Muy bien. Erre, i, ese, a.

—Rrisa.

Aquel juego parecía ayudar a Zero. Le daba algo en qué pensar y le distraía de la debilidad y el dolor.

Y también a Stanley. Cuando volvió a mirar al Gran Pulgar, lo vio más cerca.

Dejaron de deletrear palabras cuando hablar se volvió demasiado doloroso. Stanley tenía la garganta seca. Se sentía débil y agotado, pero aunque estaba fatal, sabía que Zero se sentía diez veces peor. Si Zero era capaz de seguir, él también.

Era posible, pensaba, esperaba, que a él no le hubieran afectado las bacterias. Zero no había podido desenroscar la tapa. A lo mejor los gérmenes malos tampoco habían podido entrar. Quizá las bacterias estaban sólo en los tarros que se abrían fácilmente, los que ahora llevaba en el saco.

Lo que más temía Stanley de morir no era la muerte en sí. Imaginaba que podría sobrellevar el dolor. No podía ser mucho peor de como se sentía ahora. Es más, en el momento preciso de la muerte probablemente estaría demasiado débil para sentir dolor. La muerte sería un alivio. Lo que más le preocupaba era que sus padres no supieran lo que le había pasado, que no supieran si estaba vivo o muerto. Odiaba imaginarse cómo sería para sus padres vivir un día tras otro, un mes tras otro, sin saber nada, alimentando falsas esperanzas. Para él, al menos, el sufrimiento habría terminado. Para sus padres no tendría fin.

Se preguntó si Vigilante mandaría un equipo de rescate a buscarle. No le parecía muy probable. No había mandado a nadie a buscar a Zero. Se habían limitado a destruir su expediente.

Pero Stanley tenía familia. No podían fingir que no había estado nunca allí. Pensó en qué les diría a sus padres. Y cuándo.

—¿Qué crees que hay ahí arriba? —preguntó Zero. Stanley levantó la vista hacia el Gran Pulgar.

—Probablemente un restaurante italiano.

Zero consiguió reírse.

—Creo que voy a tomar una pizza y una *coca cola* grande —dijo Stanley.

—Y yo un helado de vainilla —dijo Zero—. Con nueces y nata montada, y plátanos y chocolate caliente.

Tenían el sol casi enfrente. El pulgar lo señalaba directamente.

Llegaron al final del lago. Delante de ellos se elevaban altas paredes de roca blanca.

La orilla oriental, donde estaba el Campamento Lago Verde, descendía gradualmente, pero la occidental era muy abrupta. Era como si hubieran estado caminando por una sartén enorme y ahora tuvieran que encontrar la manera de salir.

Ya no veían el Gran Pulgar. Las rocas les bloqueaban la vista. Y también les bloqueaban el sol.

Zero gimió y se agarró el estómago, pero siguió de pie.

—Estoy bien —susurró.

Stanley vio un surco, de medio metro de ancho y unos quince centímetros de profundidad, que recorría una de las paredes de arriba abajo. A cada lado del surco había una serie de salientes en la roca.

—Vamos a probar aquí —dijo.

Parecía una ascensión de unos quince metros, totalmente vertical.

Stanley consiguió llevar el saco con los tarros en la mano izquierda mientras avanzaban lentamente, de saliente en saliente, surco arriba. A veces tenían que apoyarse en la cara interior del surco para poder llegar al siguiente reborde.

Zero consiguió seguirle, como pudo. Su frágil cuerpo temblaba horriblemente al escalar el muro de piedra.

Algunos salientes eran lo bastante anchos para poder sentarse. Otros no sobresalían más que unos centímetros, lo justo para apoyar un pie. Stanley se detuvo a un tercio de la cima, en un reborde bastante amplio. Zero llegó a su lado.

—¿Estás bien? —preguntó Stanley.

Zero le respondió levantando el puño cerrado con los pulgares hacia arriba. Stanley hizo lo mismo.

Miró hacia lo alto. No estaba seguro de cómo llegar al siguiente reborde. Estaba a algo más de un metro por encima de su cabeza, y no veía ningún apoyo para los pies. Mirar hacia abajo le daba miedo.

—Dame un empujón —dijo Zero—. Y luego te subiré con la pala.

—No vas a poder —dijo Stanley.

—Sí que puedo —contestó Zero.

Stanley puso las dos manos juntas y Zero apoyó el pie sobre sus dedos entrelazados. Levantó a Zero lo bastante para que pudiera agarrar la roca protuberante. Stanley le ayudaba desde abajo mientras Zero se aupaba a la repisa de roca.

Mientras Zero se colocaba arriba, Stanley ató el saco a la pala haciendo un agujero en la tela de arpillera. Se lo pasó a Zero.

Zero agarró primero el saco, y luego la pala. La colocó de tal manera que la mitad de la hoja encajaba en el saliente de roca. El mango de madera colgaba hacia Stanley.

—Vale —dijo.

Stanley no pensaba que fuera a funcionar. Una cosa era que él levantase a Zero, que pesaba la mitad que él, y otra muy distinta que Zero intentase subirlo a pulso.

Stanley se agarró del mango para escalar la pared rocosa, usando las dos caras del surco para ayudarse. Iba moviendo una mano encima de otra, por el mango de la pala.

Sintió las manos de Zero agarrándole por la muñeca.

Soltó una mano del mango y se agarró del reborde. Reunió todas las fuerzas que le quedaban. Por un momento pareció desafiar la gravedad, dio un paso en la pared y, con ayuda de Zero, se elevó el último trecho hasta llegar a la repisa.

Recuperó el aliento. Unos meses antes, le habría sido imposible.

Vio una gran mancha de sangre en su muñeca. Tardó un momento en darse cuenta de que era la sangre de Zero.

Zero tenía cortes profundos en las dos manos. Había sujetado la hoja metálica de la pala, manteniéndola quieta mientras Stanley subía.

Zero se llevó las manos a la boca y se chupó la sangre.

Uno de los tarros se había roto. Decidieron guardar los trozos. Puede que los necesitasen para hacer un cuchillo o algo parecido.

Tras descansar un poco, continuaron el ascenso. El resto del trayecto resultó una ascensión bastante fácil.

Cuando llegaron al terreno llano, Stanley miró hacia el sol, una bola de fuego en equilibrio sobre la punta del Gran Pulgar. Dios estaba haciendo girar una pelota de baloncesto.

Al poco rato estaban caminando por la sombra larga y delgada del pulgar.

37

—Ya casi estamos —dijo Stanley. Ya veía la base de la montaña.

Ahora que ya *casi estaban*, tuvo miedo. El Gran Pulgar era su única esperanza. Si no había agua ni refugio, no les quedaría nada, ni siquiera la esperanza.

No había un lugar preciso en que la tierra llana terminase y comenzara la montaña. El terreno era cada vez más empinado y de repente ya no les cupo duda de que estaban subiendo.

Stanley ya no veía el Gran Pulgar. La pendiente de la montaña se interponía entre ellos.

La ladera era demasiado escarpada para subir en línea recta. En vez de eso, fueron haciendo zigzag, de izquierda a derecha, aumentando la altitud poco a poco cada vez que cambiaban de dirección.

Empezaron a aparecer parches de hierba. Caminaban de uno a otro, pues en la hierba los pies se agarraban mejor. Cuando más alto subían, más abundante era la vegetación. Muchas plantas tenían espinas, y había que tener cuidado al caminar entre ellas.

A Stanley le habría gustado pararse a descansar, pero temía que si se detenían serían incapaces de volver a ponerse en marcha. Mientras Zero pudiera seguir, él también podía. Además, sabía que no les quedaba mucha luz diurna.

Cuando empezó a oscurecer, aparecieron los bichos sobre los trozos de hierba. Una bandada de moscas pequeñas los perseguía, atraídas por su sudor. Ni Stanley ni Zero tenían fuerzas para espantarlas.

—¿Cómo vas? —le preguntó Stanley.

Zero volvió a hacer el signo con los pulgares hacia arriba. Luego dijo:

—Si se me posa encima una mosca, me caigo.

Stanley le dio más palabras:

—Be, i, che, o, ese.

Zero se concentró y dijo:

—Bishos.

Stanley se rió.

En la cara enferma y cansada de Zero apareció una sonrisa brillante.

—Bichos —se corrigió.

—Muy bien —dijo Stanley—. Recuerda, si la hache va detrás de la ce se pronuncia «che», y si va sola no se pronuncia. A ver, una difícil. ¿Cómo se dice a, ele, eme, u, e, erre, zeta, o?

—Al... Almu...

De repente, Zero hizo un ruido horrible y desgarrador, mientras se doblaba en dos y se agarraba el estómago. Su frágil cuerpo tembló violentamente y vomitó, vaciando su estómago de todo el *Sploosh*.

Se arrodilló y respiró hondo varias veces. Luego se puso de pie y continuó subiendo.

La nube de bichos se quedó detrás. Preferían el contenido del estómago de Zero al sudor de sus rostros.

Stanley no le dio más palabras, pues pensaba que necesitaba ahorrar energías. Pero unos diez o quince minutos más tarde, Zero dijo:

—Almuerzo.

Al ir subiendo, la vegetación iba en aumento, y

tenían que tener cuidado de que no se les enredaran los pies en las zarzas espinosas. Stanley se dio cuenta de una cosa. En el lago no había ninguna planta.

—Hierbas y bichos —dijo—. Tiene que haber agua por algún sitio. Debemos estar cerca.

Zero sonrió con una enorme sonrisa de payaso. Volvió a hacer el signo con los pulgares hacia arriba y se desplomó en el suelo.

No se levantó. Stanley se agachó a su lado.

—Venga, Zero —le dijo—. Que ya estamos llegando. Venga, Héctor. Hierba y bichos. Hierba y bishos.

Stanley le dio un meneo.

—Ya te he pedido el helado con chocolate caliente —le dijo—. Lo están preparando ahora mismo.

Zero no dijo nada.

38

STANLEY agarró a Zero por los antebrazos y lo puso de pie. Luego se agachó y dejó que Zero cayera sobre su hombro derecho. Se incorporó y levantó el cuerpo agotado de Zero.

Dejó atrás el saco con los tarros y la pala y siguió subiendo la montaña. Las piernas de Zero iban colgando delante de él.

Stanley no alcanzaba a verle los pies, lo cual hacía muy difícil avanzar entre las zarzas. Se concentró en cada paso, uno detrás de otro, levantando el pie y pisando con mucho cuidado. Sólo pensaba en el siguiente paso, y no en la tarea imposible que tenía delante.

Subió cada vez más alto. La energía venía de alguna parte muy profunda de su interior, y también parecía proceder del exterior. Tras concentrarse en el Gran Pulgar durante tanto tiempo, era como si la roca hubiera absorbido su energía y ahora actuara como un imán gigantesco que le atraía hacia ella.

Al cabo de un rato percibió un olor nauseabundo. Al principio pensó que venía de Zero, pero parecía estar en el aire, como un pesado manto que flotaba a su alrededor.

También se dio cuenta de que el terreno ya no era empinado. Y al mismo tiempo que notó el terreno llano, apareció un enorme muro de piedra justo enfrente de él, apenas visible bajo la luz de la luna. Crecía con cada paso que daba.

Ya no parecía un pulgar.

Y supo que nunca sería capaz de escalarlo.

A su alrededor, el olor se hizo más intenso. Era el olor amargo de la desesperación.

Incluso si se las ingeniaba para escalar el Gran Pulgar, sabía que nunca encontraría agua. ¿Cómo iba a haber agua encima de una roca gigante? Los hierbajos y los bichos sobrevivían porque caía una tormenta de vez en cuando, como la que él había visto desde el campamento.

Sin embargo, continuó avanzando. Por lo menos quería llegar hasta el pulgar.

Pero no lo consiguió.

Se resbaló. Se cayó, rodó por una pequeña zanja lodosa y la cabeza de Zero se golpeó contra su hombro.

Tumbado boca abajo contra el barro, no sabía si sería capaz de volver a levantarse. No sabía si podría intentarlo siquiera. ¿Había llegado tan lejos sólo para...? «¡Para hacer barro hace falta agua!»

Gateó por la zanja en la dirección que parecía más húmeda. El suelo se volvió más lodoso. El barro le salpicaba al palmear el terreno.

Con las dos manos hizo un agujero en la tierra húmeda. Estaba demasiado oscuro, pero creyó ver un pequeño charco de agua al fondo de su hoyo. Metió la cabeza en él y lamió el barro.

Cavó más hondo y le pareció que más agua llenaba el agujero. No la veía, pero la sentía, primero con los dedos, y después con la lengua.

Cavó hasta que el agujero era tan hondo como su brazo. Había suficiente agua para sacarla con las manos y echarla sobre la cara de Zero.

Los ojos de Zero siguieron cerrados, pero sacó la lengua entre los labios, buscando las gotas.

Stanley arrastró a Zero más cerca del hoyo. Cavó un poco más, sacó agua y la vertió desde sus manos a la boca de Zero.

Al ensanchar el hoyo, se topó con un objeto redondo y suave. Era demasiado redondo y demasiado suave para ser una piedra.

Le quitó la tierra y vio que era una cebolla.

Le dio un mordisco sin pelarla. El jugo amargo y cálido le estalló en la boca. Sintió cómo los ojos se le llenaban de lágrimas. Y al tragar, el calor le bajó por la garganta hasta el estómago.

Sólo comió la mitad. Le dio la otra mitad a Zero.

—Toma, cómete esto.

—¿Qué es? —susurró Zero.

—Un helado con chocolate caliente.

39

STANLEY se despertó en medio de un prado, mirando a una gigantesca torre de roca. Tenía diferentes capas con distintos tonos de rojo, ocre, marrón y tostado. Debía de medir más de treinta metros de alto.

Stanley se quedó un rato tumbado, simplemente mirándola. No tenía fuerzas para levantarse. Sentía el interior de la boca y de la garganta como si estuvieran cubiertos de arena.

Y no le extrañaba. Al rodar sobre su estómago vio el agujero con el agua. Medía casi un metro de profundidad y un metro de anchura. En el fondo había algo menos de cinco centímetros de agua muy oscura.

Tenía las manos y los dedos doloridos de cavar, especialmente bajo las uñas. Sacó un poco de agua con las manos, se la llevó a los labios y la movió en la boca, intentando filtrarla con los dientes.

Zero gimió.

Stanley intentó decirle algo, pero no emitió ningún sonido y tuvo que probar de nuevo.

—¿Cómo estás? —le dolía hablar.

—No muy bien —dijo Zero en voz muy baja. Con gran esfuerzo, se dio la vuelta y se arrastró hasta el agujero del agua. Metió la cabeza dentro y lamió un poco.

Se retiró de golpe, se agarró las rodillas contra el pecho y rodó hacia un lado. Su cuerpo temblaba violentamente.

Stanley pensó en volver a bajar la montaña y buscar la pala para hacer el hoyo más hondo. Quizá así conseguirían agua más clara. Podrían usar los tarros para beber.

Pero no creía que le quedaran fuerzas para ello, y mucho menos para volver a subir.

Consiguió ponerse de pie. Estaba en un prado de flores blancas verdosas. Cogió una, pero en realidad no era una sola flor, sino un ramillete de flores pequeñísimas que formaban una bola redonda. Se la llevó a la boca pero tuvo que escupirla.

Veía parte del rastro que había dejado la noche anterior al subir a Zero a la montaña. Si iba a bajar por la pala, debería hacerlo pronto, mientras el rastro estaba todavía fresco. Pero no quería dejar a Zero. Tenía miedo de que pudiera morirse en ese rato.

Zero todavía estaba doblado sobre un costado.

—Tengo que decirte algo —le dijo con un gemido.

—No hables —dijo Stanley—, ahorra las fuerzas.

—No, escúchame —insistió Zero, y cerró los ojos con la cara retorcida de dolor.

—Te estoy escuchando —susurró Stanley.

—Yo cogí tus zapatillas —dijo Zero.

Stanley no sabía de qué estaba hablando. Las tenía puestas.

—No pasa nada —dijo Stanley—. Ahora descansa.

—Todo es culpa mía —dijo Zero.

—No es culpa de nadie —dijo Stanley.

—Yo no lo sabía —dijo Zero.

—No te preocupes —dijo Stanley—. Tú, descansa.

Zero cerró los ojos. Pero volvió a decir:

—Yo no sabía lo de las zapatillas.

—¿Qué zapatillas?

—Las del refugio.

Stanley tardó un momento en comprender.

—¿Las de Clyde Livingston?

—Lo siento —dijo Zero.

Stanley lo miró atónito. Era imposible. Zero estaba delirando.

La «confesión» de Zero pareció haberle aliviado un poco. Los músculos de la cara se le relajaron. Cuando se estaba quedando dormido, Stanley le cantó bajito la canción que su familia había cantado durante varias generaciones.

«Ojalá, ojalá», suspira el pájaro carpintero,
«la corteza del árbol fuera un poco más tierna»,
mientras el lobo espera, hambriento y solitario,
llorándole a la luuuuuuuuuuuuuna.
«Ojalá, ojalá.»

40

A_L encontrar la cebolla la noche anterior, Stanley no se había preguntado cómo había llegado allí. Se la comió agradecido. Pero ahora empezó a mirar al Gran Pulgar y al prado lleno de flores, y no pudo evitar hacerse la pregunta.

Si había una cebolla silvestre, podía haber más.

Entrelazó los dedos de las dos manos y se los frotó para intentar calmar el dolor. Luego se agachó y sacó otra flor, esta vez tirando de la planta entera, hasta la raíz.

—¡Cebollas! ¡Cebollas frescas, cálidas, dulces! —anunciaba Sam mientras Mary Lou tiraba del carro por la calle Mayor—. Ocho centavos la docena.

Era una hermosa mañana de primavera. El cielo lucía azul pálido y rosa, los mismos colores del lago y los melocotoneros plantados en la orilla.

La señora Gladys Tennyson, vestida solo con el camisón y la bata, salió corriendo detrás de Sam. La señora Tennyson solía ser una dama muy educada que nunca se presentaba en público sin un vestido elegante y un sombrero. Así que los habitantes de Lago Verde se quedaron sorprendidos al verla pasar corriendo.

—¡Sam! —gritó.

—¡Sooo, Mary Lou! —dijo Sam, parando la mula

y el carro—. Buenos días, señora Tennyson. ¿Cómo está la pequeña Becca?

Gladys Tennyson era todo sonrisas.

—Creo que se va a recuperar. Hace una hora le ha bajado la fiebre. Gracias a ti.

—Estoy seguro de que todo el mérito es del buen Señor y del doctor Hawthorn.

—Del buen Señor, sí —dijo la señora Tennyson—; pero del doctor, no. ¡Ese matasanos quería ponerle sanguijuelas en el estómago! ¡Sanguijuelas! ¡Dios mío! Me dijo que le iban a sacar toda la mala sangre. A ver, dime, ¿cómo va a saber distinguir una sanguijuela la mala sangre de la buena?

—No lo sé —dijo Sam.

—Fue tu tónico de cebolla —continuó la señora Tennyson—. Eso es lo que la salvó.

Otras personas del pueblo se acercaron al carro.

—Buenos días, Gladys —dijo Hattie Parker—. Estás guapísima esta mañana.

Se oyeron risitas.

—Buenos días, Hattie —respondió la señora Tennyson.

—¿Sabe tu marido que andas por ahí en ropa de dormir? —preguntó Hattie.

Más burlas.

—Mi marido sabe exactamente dónde estoy y cómo voy vestida, gracias —dijo la señora Tennyson—. Los dos hemos pasado la noche en vela con Rebecca, y toda la mañana. Ha estado a punto de morir por una infección del estómago. Parece que ha comido carne en mal estado.

Hattie se puso como un tomate. Su marido, Jim Parker, era el carnicero del pueblo.

—Mi marido y yo también hemos estado enfermos —siguió la señora Tennyson—, pero a Rebecca

181

casi la mata, al ser tan pequeñita. Sam le ha salvado la vida.

—No he sido yo —dijo Sam—. Han sido las cebollas.

—Me alegro de que Becca esté bien —dijo Hattie arrepentida.

—No hago más que decirle a Jim que tiene que lavar los cuchillos —dijo el señor Pike, el propietario de la tienda.

Hattie Parker se disculpó y se fue rápidamente.

—Dígale a Becca que cuando se encuentre bien, venga a mi tienda a por un caramelo —dijo el señor Pike.

—Muchas gracias, se lo diré.

Antes de volver a casa, la señora Tennyson le compró a Sam una docena de cebollas. Le dio una moneda de diez centavos y le dijo que se quedara con el cambio.

—No acepto limosnas —dijo Sam—. Pero si quiere comprarle unas cuantas cebollas a Mary Lou, seguro que se lo agradecerá.

—Muy bien —dijo la señora Tennyson—, entonces dame el cambio en cebollas.

Sam le dio tres cebollas más, y ella se las dio de una en una a Mary Lou. Se reía mientras la vieja burra las comía de su mano.

* * *

Stanley y Zero durmieron intermitentemente durante dos días, comieron cebollas, todas las que quisieron, y bebieron agua sucia de su hoyo. Por la tarde, el Gran Pulgar les daba sombra. Stanley intentó hacer el agujero más profundo, pero le hacía falta la pala. Lo único que consiguió fue remover el fango y ensuciar más el agua.

Zero seguía durmiendo. Todavía estaba enfermo y débil, pero el sueño y las cebollas parecían estar sentándole bien. Stanley ya no temía que se fuera a morir pronto. Sin embargo, no quería volver a por la pala dejándole dormido. No quería que se despertara y pensara que le había abandonado.

Esperó a que abriera los ojos.

—Creo que voy a ir a buscar la pala —dijo Stanley.

—Yo te espero aquí —dijo Zero débilmente, como si tuviera elección.

Stanley empezó a bajar la montaña. El sueño y las cebollas también le habían sentado bien. Se sentía fuerte.

Seguir el rastro que había dejado hacía dos días era bastante fácil. En un par de sitios no estaba seguro de ir bien, pero tras buscar un poco volvió a encontrar el camino.

Bajó un buen trecho sin encontrar la pala. Volvió a mirar hacia arriba. Seguro que se la había pasado, pensó. No podía haber subido con Zero a cuestas todo aquel trayecto.

De todas formas, siguió bajando, por si acaso. Llegó a un tramo de roca desnuda entre dos parches de hierba y se sentó en el suelo a descansar. Decidió que, definitivamente, había ido demasiado lejos. Estaba cansado de ir cuesta abajo. Era imposible que hubiera llevado a Zero cuesta arriba desde allí, especialmente después de andar todo el día sin comida ni agua. La pala debía de haberse quedado enterrada entre las plantas.

Antes de retroceder, lanzó una última mirada a su alrededor. Vio un pequeño claro en medio de las zarzas, un poco más abajo. No parecía muy probable que la pala estuviese allí, pero ya que había llegado tan lejos, se acercó.

Allí, entre las altas hierbas, encontró la pala y el saco con los tarros. Se quedó maravillado. Pensó que a lo mejor la pala y el saco habían rodado ladera abajo. Pero los tarros no estaban rotos, excepto el que ya venía roto. Y si hubieran bajado rodando la colina, sería muy raro haber encontrado la pala y el saco uno al lado del otro.

En el camino de vuelta, Stanley tuvo que sentarse a descansar varias veces. Era una subida larga y difícil.

41

La salud de Zero seguía mejorando.

Stanley peló una cebolla despacio. Le gustaba comérselas capa a capa.

El agujero del agua era casi tan grande como los hoyos que cavaban en el Campamento Lago Verde. Tenía unos sesenta centímetros de agua turbia. Stanley lo había cavado solo. Zero se había ofrecido a ayudarle, pero Stanley pensó que sería mejor que ahorrase todas sus fuerzas. Era mucho más difícil cavar en el agua que en un lago seco.

Stanley se sorprendía de no haber caído enfermo también, por el *Sploosh*, el agua sucia, o por alimentarse sólo de cebollas. En casa solía ponerse malo muy a menudo.

Los dos iban descalzos. Habían lavado los calcetines. Tenían toda la ropa muy sucia, pero los calcetines eran lo peor de todo.

No mojaron los calcetines en el hoyo, por temor a contaminar el agua. En vez de eso, llenaron los tarros y vertieron el agua sobre los calcetines sucios.

—No iba muy a menudo al refugio para los niños sin hogar —explicó Zero—. Sólo cuando hacía muy mal tiempo. Tenía que encontrar a alguien que se hiciera pasar por mi madre. Si hubiera ido solo, me habrían hecho un montón de preguntas. Y si hubieran averiguado que no tenía madre, me habrían puesto bajo custodia del Estado.

—¿Y eso qué es?

Zero sonrió.

—No lo sé. Pero no me gustaba cómo sonaba.

Stanley recordó que el señor Peraski le había dicho a Vigilante que Zero estaba bajo custodia del Estado. Se preguntó si Zero lo sabría.

—Me gustaba dormir al aire libre —dijo Zero—. Solía jugar a ser un *boy scout.* Siempre quise pertenecer a un grupo de *boy scouts.* Los veía en el parque con los uniformes azules.

—Yo tampoco estuve nunca en un grupo de *boy scouts* —dijo Stanley—. Las cosas sociales se me daban muy mal. Los niños se reían de mí porque estaba gordo.

—A mí me gustaban los uniformes azules —dijo Zero—. A lo mejor no me habría gustado ser un *scout.*

Stanley encogió un hombro.

—Mi madre pertenecía a un grupo de chicas, las *girl scouts* —dijo Zero.

—Creía que habías dicho que no tenías madre.

—Todo el mundo tiene que tener una madre.

—Ya lo sé, hombre.

—Me contó que una vez ganó un premio por vender más galletas que nadie —dijo Zero—. Se sentía muy orgullosa.

Stanley peló otra capa de su cebolla.

—Siempre cogíamos lo que necesitábamos —dijo Zero—. Cuando era pequeño, ni siquiera sabía que eso era *robar.* No me acuerdo de cuándo me enteré. Pero sólo cogíamos lo que necesitábamos. Nada más.

Por eso, cuando vi las zapatillas en el refugio, las saqué de la vitrina y me las llevé.

—¿Las zapatillas de Clyde Livingston? —preguntó Stanley.

—Yo no sabía que eran suyas. Yo creía que eran sólo unos zapatos viejos. Y pensé que sería mejor coger los zapatos viejos de alguien que robar un par nuevo. No sabía que eran famosos. Había un cartel, pero yo no pude leerlo, claro. Y al momento la gente se alborotó porque las zapatillas habían desaparecido. Tenía gracia, en cierto modo. Se pusieron como locos. Y yo estaba allí mismo, con las deportivas puestas, y todo el mundo corriendo de un lado a otro, diciendo: «¿Qué le ha pasado a las zapatillas? ¡Las zapatillas han desaparecido!». Y yo salí andando por la puerta con ellas puestas. Nadie se dio cuenta. Una vez en la calle, eché a correr, di la vuelta a la esquina y me las quité inmediatamente. Las dejé encima de un coche aparcado. Me acuerdo que olían fatal.

—Sí, eran ésas —dijo Stanley—. ¿Te quedaban bien?

—Sí, bastante bien.

Stanley recordó su sorpresa al ver lo pequeñas que eran las zapatillas de Clyde Livingston. Los zapatos de Stanley eran más grandes. Clyde Livingston tenía pies pequeños y ligeros. Los de Stanley eran grandes y pesados.

—Debería haberme quedado con ellas —dijo Zero—. Ya me había escapado del refugio y todo. Al final me arrestaron al día siguiente cuando intenté salir de una tienda con un par de zapatillas nuevas. Si me hubiera quedado con aquellas deportivas apestosas, ninguno de los dos estaríamos aquí ahora.

42

Zero ya estaba lo bastante recuperado para ayudar a cavar el hoyo. Cuando terminó, tenía casi dos metros de profundidad. Había cubierto el fondo de piedras, para separar el agua de la tierra.

Seguía siendo el mejor excavador.

—Este es el último hoyo de mi vida —declaró, tirando al suelo la pala.

Stanley sonrió. Deseaba que fuese cierto, pero sabía que no tenían más remedio que regresar antes o después al Campamento Lago Verde. No podían alimentarse de cebollas para siempre.

Habían dado la vuelta completa al Gran Pulgar. Era como un reloj de sol gigantesco. Fueron avanzando al mismo tiempo que la sombra. Así pudieron mirar en todas direcciones. No había sitio adonde ir. La montaña estaba rodeada de desierto.

Zero se quedó mirando al Gran Pulgar.

—Debe de estar hueco por dentro —dijo—. Lleno de agua.

—¿Tú crees?

—¿De dónde vendría el agua si no? —preguntó Zero—. El agua no corre ladera arriba.

Stanley le dio un mordisco a una cebolla. Ya no le quemaban los ojos ni la nariz, y además ni siquiera le parecía que tuviese un sabor especialmente intenso.

Recordó que cuando había subido a Zero a la montaña el aire tenía un olor amargo. Era el olor de miles de cebollas, creciendo, pudriéndose y brotando.

Ahora no olía nada en absoluto.

—¿Cuántas cebollas nos habremos comido? —preguntó.

Zero se encogió de hombros.

—Ni siquiera sé cuánto tiempo llevamos aquí.

—Yo diría que alrededor de una semana —dijo Stanley—. Y probablemente comemos unas veinte cebollas diarias por cabeza, así que eso es...

—Doscientas ochenta cebollas —dijo Zero.

Stanley sonrió.

—Seguro que apestamos.

Dos noches más tarde, Stanley estaba tumbado en el suelo mirando el cielo cubierto de estrellas. Se sentía feliz, demasiado para dormirse.

Sabía que no tenía motivos para ser feliz. Había oído o leído en alguna parte que justo antes de morir congelado, a uno le invade de repente una sensación de calor y bienestar. Pensó que a lo mejor le estaba pasando algo así.

Se le ocurrió que no recordaba la última vez que había experimentado felicidad. El Campamento Lago Verde no era lo único que había hecho en su vida miserable. Antes de eso había sido infeliz en el colegio, donde no tenía amigos y los chulitos como Derrick Dunne se metían con él. No le caía bien a nadie, y la verdad, él mismo tampoco se caía especialmente bien.

Pero ahora era distinto.

Tal vez estaba delirando.

Miró hacia Zero, que dormía cerca de él. Tenía la cara iluminada por la luz de las estrellas y había un pétalo delante de su nariz que se movía cada vez que respiraba. A Stanley le recordó a los dibujos animados. Cuando Zero inspiraba, el pétalo se acercaba hasta casi tocarle la nariz. Cuando Zero expiraba, el pétalo se movía hacia su barbilla. Se quedó en la cara de Zero durante un buen rato, antes de caerse revoloteando hacia un lado.

Stanley pensó volverlo a colocar delante de la nariz de Zero, pero no habría sido lo mismo.

Al principio le había dado la impresión de que Zero llevaba toda la vida en el Campamento Lago Verde, pero al pensar en ello ahora, Stanley se dio cuenta de que Zero debía haber llegado allí unos dos meses antes que él. A Zero lo arrestaron un día después, pero el juicio de Stanley se retrasó mucho gracias a la temporada de béisbol.

Se acordó de lo que le había dicho Zero unos días antes. Si se hubiera quedado con las zapatillas, ninguno de los dos estaría allí.

Mientras contemplaba la noche estrellada, pensó que no cambiaría aquel lugar por nada en el mundo. Se alegraba de que Zero hubiera dejado las zapatillas en el techo del coche. Y de que se cayeran por el puente justo encima de su cabeza.

Cuando las zapatillas cayeron del cielo, recordó haber pensado que era un golpe del destino. Ahora volvió a pensarlo. Era más que una simple coincidencia. Tenía que ser el destino.

A lo mejor no tenían por qué quedarse en el Campamento Lago Verde. Quizá pudieran sobrepasar el campamento y seguir el camino de tierra hasta la civilización. Podrían llenar el saco de cebollas, y los tres tarros de agua. Y además tenían la cantimplora.

Y podrían rellenarlos en el campamento. Quizá pudieran colarse en la cocina y conseguir algo de comer.

No creía que los monitores siguieran montando guardia. Todos pensarían que estaban muertos. Pasto de los buitres.

Tendría que vivir el resto de sus días como un fugitivo. La policía le perseguiría siempre. Al menos podría llamar a sus padres y decirles que estaba vivo. Pero no podría visitarlos, por si la policía estuviera vigilando el apartamento. Aunque, si todo el mundo pensaba que estaba muerto, no se molestarían en vigilar el apartamento. Tendría que encontrar la manera de conseguir una nueva identidad.

«Ahora sí que estoy pensando locuras», se dijo. Se preguntó si un loco se pregunta si está loco.

Pero al mismo tiempo que pensaba estas cosas, una idea todavía más descabellada iba tomando forma en su mente. Sabía que era una locura demasiado grande para tomarla en serio. Pero si iba a ser un fugitivo durante el resto de sus días, no le vendría mal tener algo de dinero, quizá un cofre del tesoro lleno de dinero.

«¡Estás loco!», se dijo. Además, sólo porque había encontrado el tubo de una barra de labios con las letras *K B* no quería decir que hubiera un tesoro enterrado allí.

Era una locura. Era todo parte de aquella loca sensación de felicidad.

O quizá fuera el destino.

Alargó la mano y sacudió el brazo de Zero.

—Eh, Zero —susurró.

—¿Eh? —murmuró Zero.

—Zero, despierta.

—¿Qué? —dijo Zero levantando la cabeza—. ¿Qué pasa?

—¿Quieres cavar un hoyo más?

43

—No siempre vivimos en la calle —dijo Zero—. Me acuerdo de un cuarto amarillo.

—¿Cuántos años tenías cuando... —Stanley comenzó a preguntar, pero no sabía qué palabras usar— dejasteis la casa?

—No lo sé. Probablemente era muy pequeño, porque no me acuerdo de mucho. No recuerdo haber dejado la casa. Recuerdo estar de pie en una cuna, con mi madre cantándome. Me sujetaba las muñecas y me ayudaba a dar palmas. Solía cantarme esa canción. La que tú me cantaste... Pero era distinta...

Zero hablaba muy despacio, como buscando en su cerebro recuerdos y pistas.

—Y más tarde sé que vivíamos en la calle, pero no sé por qué dejamos la casa. Estoy seguro de que era una casa, no un piso. Sé que mi habitación era amarilla.

Era por la tarde. Estaban descansando a la sombra del Pulgar. Habían pasado la mañana recogiendo cebollas y metiéndolas en el saco. No tardaron mucho, pero lo suficiente para tener que esperar otro día antes de bajar de la montaña.

Querían salir con las primeras luces del amanecer, para tener tiempo de sobra de llegar al Campamento Lago Verde antes de que anocheciese. Stanley creía estar seguro de encontrar el hoyo correcto.

Luego se esconderían allí hasta que todo el mundo se fuese a dormir.

Cavarían todo el tiempo que considerasen seguro, ni un segundo más. Y luego, con el tesoro o sin él, tomarían el camino de tierra. Si no había absolutamente ningún peligro, tratarían de robar comida y agua de la cocina del campamento.

—Se me da bien colarme en los sitios sin que nadie me vea —dijo Zero.

—Recuerda —dijo Stanley— que la puerta de la Nada chirría.

Ahora estaba tumbado boca arriba, intentando ahorrar fuerzas para los largos días que le esperaban. Se preguntó qué les habría pasado a los padres de Zero, pero no le dijo nada. A Zero no le gustaba contestar preguntas. Era mejor dejarle hablar cuando tuviera ganas.

Stanley pensó en sus propios padres. En su última carta, su madre estaba preocupada de que los echaran de su apartamento por el olor de zapatillas quemadas. Ellos también podrían quedarse sin hogar fácilmente.

Volvió a preguntarse si les habrían dicho que se había escapado del campamento. ¿Les habrían dicho que estaba muerto?

En su mente apareció una imagen: sus padres abrazándose y llorando. Intentó no pensar en ello.

En lugar de eso, trató de recuperar las sensaciones de la noche anterior, aquella inexplicable felicidad, el presentimiento del destino. Pero aquellos sentimientos no volvieron.

Solo se sentía asustado.

A la mañana siguiente se pusieron en marcha. Habían mojado las gorras en el hoyo del agua antes de ponérselas. Zero llevaba la pala y Stanley el saco, lleno de cebollas y con los tres tarros de agua. Habían dejado los trozos rotos en la montaña.

—Ahí es donde encontré la pala —dijo Stanley señalando las hierbas. Zero se dio la vuelta y miró hacia la cima de la montaña.

—Es un buen trecho.

—No pesabas mucho —dijo Stanley—. Ya habías vomitado todo lo que tenías en el estómago.

Se cambió el saco de un hombro a otro. Pesaba. Pisó una piedra suelta, se resbaló y se cayó de golpe. En cuanto se quiso dar cuenta, se estaba deslizando por la empinada ladera de la montaña. Soltó el saco y las cebollas se desperdigaron a su alrededor.

Al pasar por una franja con plantas se agarró a una zarza espinosa. La zarza se arrancó de raíz, pero lo frenó un poco y un poco más allá consiguió pararse del todo.

—¿Estás bien? —le preguntó Zero desde arriba.

Stanley gruñó al sacarse una espina de la palma de la mano.

—Sí —dijo. Estaba bien. Estaba más preocupado por el agua.

Zero bajó detrás de él, recuperando el saco por el camino. Stanley quitó algunas espinas de sus pantalones.

Los tarros no se habían roto. Las cebollas los habían protegido, como si fueran plástico de embalar.

—Me alegro de que no hicieras lo mismo cuando me llevabas a mí —dijo Zero.

Habían perdido un tercio de las cebollas, pero recuperaron muchas al ir bajando por la ladera.

Cuando llegaron abajo, el sol se estaba elevando sobre el lago. Caminaron directamente hacia él.

Enseguida llegaron al borde de la pared rocosa, por encima del lecho seco del lago. Stanley no estaba seguro, pero le pareció ver a lo lejos los restos de *Mary Lou*.

—¿Tienes sed? —preguntó Stanley.

—No —dijo Zero—. ¿Y tú?

—No —mintió Stanley. No quería ser el primero en beber. Aunque no habían dicho nada, se había establecido una especie de competición entre los dos.

Descendieron a la sartén por un lugar distinto al que habían elegido para subir. Se fueron apoyando en los salientes, en algunos sitios deslizándose por las rocas, siempre con mucho cuidado para no golpear el saco.

Stanley ya no veía a *Mary Lou*, pero se encaminaron hacia donde pensaban que era la dirección correcta. Con la salida del sol, apareció la bruma habitual de calor y polvo.

—¿Tienes sed? —preguntó Zero.

—No —dijo Stanley.

—Es que llevas tres tarros llenos de agua —dijo Zero—. He pensado que quizá te pesen mucho. Si bebes un poco, la carga será más ligera.

—No tengo sed —dijo Stanley—. Pero si quieres un trago, te doy un poco.

—No tengo sed —dijo Zero—. Sólo estaba preocupado por ti.

Stanley sonrió.

—Soy un camello —dijo.

Siguieron caminando durante lo que les pareció un buen rato, y no se encontraron con *Mary Lou*. Stanley estaba seguro de que iban en la dirección correcta. Recordaba que, cuando habían salido del bote, se habían dirigido hacia el sol poniente. Ahora se dirigían hacia el sol naciente. Sabía que el sol no salía y se ponía exactamente por el este y el oeste; era más bien el sureste y suroeste, pero no estaba seguro de cuál sería la diferencia.

Tenía la garganta como papel de lija.

—¿Estás seguro de que no tienes sed? —preguntó.

—Yo no —dijo Zero, con la voz seca y rasposa.

Cuando por fin bebieron, decidieron hacerlo al mismo tiempo. Zero, que ahora llevaba el saco, lo dejó en el suelo y sacó dos tarros. Le dio uno a Stanley. Decidieron guardar la cantimplora para el final, porque no podía romperse por accidente.

—Sabes que no tengo sed —dijo Stanley, mientras desenroscaba la tapadera—. Sólo bebo para que bebas tú.

—Y yo para que bebas tú —dijo Zero.

Chocaron los tarros en un brindis y, observándose el uno al otro, vertieron el agua en sus obstinadas bocas.

Zero fue el primero en distinguir a *Mary Lou*, aproximadamente a medio kilómetro de distancia, y un poco a la derecha. Se dirigieron hacia ella.

Todavía no era mediodía cuando llegaron. Se sentaron contra el lado de la sombra y descansaron.

—No sé qué le pasó a mi madre —dijo Zero—. Se fue y nunca regresó.

Stanley peló una cebolla.

—No siempre podía llevarme con ella —explicó Zero—. A veces tenía que hacer cosas sola.

Stanley tenía la impresión de que Zero se estaba explicando las cosas a sí mismo.

—Me decía que la esperara en cierto sitio. Cuando era muy pequeño, tenía que esperar en lugares pequeños, como en las escaleras de un porche, o en una puerta. «No te muevas de aquí hasta que yo vuelva», me decía. Nunca me gustaba que se fuera. Yo tenía un animalito de peluche, una jirafa, y me abrazaba a ella todo el tiempo hasta que volvía. Cuando me fui haciendo mayor, me dejaba quedarme en sitios más grandes. «Quédate en esta manzana», o «No salgas del parque». Pero incluso entonces, todavía me abrazaba a Jaffy.

Stanley se figuró que Jaffy era el nombre de la jirafa de Zero.

—Y un día no volvió —siguió Zero. De repente, la voz le sonó hueca—. La esperé en el parque Laney.

—El parque Laney —dijo Stanley—. He estado allí.

—¿Conoces la zona de los columpios? —preguntó Zero.

—Sí. He jugado allí alguna vez.

—La esperé allí durante más de un mes —dijo Zero—. ¿Conoces ese túnel por el que se pasa a gatas, entre el tobogán y el puente colgante? Ahí dormía.

Se comieron cuatro cebollas cada uno y bebieron más o menos medio tarro de agua. Stanley se puso de pie y miró alrededor. El lago tenía el mismo aspecto en todas direcciones.

—Cuando dejé el campamento, fui directo hasta el Gran Pulgar —dijo—. Y vi el bote un poco hacia la derecha. Así que eso significa que ahora tenemos que ir un poco hacia la izquierda.

Zero estaba perdido en sus pensamientos.

—¿Qué? Vale —dijo.

Se pusieron en marcha. Ahora le tocaba a Stanley llevar el saco.

—Unos niños estaban celebrando una fiesta de cumpleaños —dijo Zero—. Creo que fue unas dos semanas después de que mi madre se marchara. Había una mesa con comida junto a los columpios, con globos atados a ella. Los niños tenían más o menos mi misma edad. Una niña me dijo hola y me preguntó si quería jugar. Yo quería, pero no lo hice. Sabía que la fiesta no era mi sitio, aunque los columpios no les pertenecían solo a ellos. Y una de las madres no dejaba de mirarme, como si fuera una especie de monstruo. Luego un niño me preguntó si quería un trozo de pastel, pero la misma madre me gritó: «¡Vete!». Y les dijo a los niños que se alejaran de mí, así que no pude comer pastel. Salí corriendo tan rápido, que me dejé olvidada a Jaffy.

—¿Y la encontraste?

Durante un momento, Zero no contestó.

—No era una jirafa de verdad.

Stanley volvió a pensar en sus padres, lo horrible que sería para ellos no saber nunca si estaba vivo o muerto. Y se dio cuenta de que eso era lo que Zero debía de sentir, viviendo sin saber qué le había pasado a su madre. Se preguntó por qué Zero nunca mencionaba a su padre.

—Espera un momento —dijo Zero, parándose de golpe—. Vamos en la dirección equivocada.

—No, vamos bien —dijo Stanley.

—Si ibas hacia el Gran Pulgar cuando viste la barca a tu derecha —dijo Zero—, eso significa que torcimos a la izquierda cuando salimos de allí.

—¿Estás seguro?

Zero hizo un dibujo en la tierra.

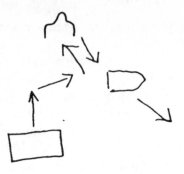

Stanley seguía sin estar seguro.

—Tenemos que ir por aquí —dijo Zero, dibujando primero una línea en el mapa y después poniéndose en marcha en aquella dirección.

Stanley le siguió. Él no estaba de acuerdo, pero Zero parecía convencido.

A media tarde, una nube atravesó el cielo y se puso delante del sol. La recibieron con alivio. De nuevo, Stanley sintió que el destino estaba de su parte.

Zero se detuvo y extendió el brazo para que Stanley se parase también.

—Escucha —susurró Zero.

Stanley no oía nada.

Siguieron caminando sin hacer ruido y Stanley comenzó a distinguir los débiles sonidos del Campamento Lago Verde. Todavía estaban muy lejos para verlo, pero oyó una mezcla de voces indistintas. Cuando se fueron acercando, de vez en cuando escuchaba el ladrido inconfundible del señor Sir.

Andaban despacio y en silencio, pues sabían que el sonido viaja en los dos sentidos.

Se acercaron a un grupo de hoyos.

—Vamos a esperar aquí, hasta que se vayan del lago —dijo Zero.

Stanley asintió. Comprobó que no había nada viviendo en el hoyo y se metió dentro. Zero se metió en el de al lado.

A pesar de haber avanzado en dirección equivocada durante un rato, no habían tardado tanto como Stanley había calculado. Ahora sólo tenían que esperar.

El sol atravesó la nube y Stanley sintió sus rayos golpeándole. Pero enseguida el cielo se encapotó, proporcionando sombra a Stanley y a su hoyo.

Esperó hasta convencerse de que todos los campistas habían terminado de cavar.

Y después esperó todavía un poco más.

Tan silenciosamente como pudieron, Zero y él salieron de sus hoyos y avanzaron con sigilo hacia el campamento. Stanley llevaba el saco entre los brazos, en lugar de sobre el hombro, para que los tarros no hicieran ruido al chocar uno contra otro. Al divisar los edificios, lo invadió una ola de terror. Las tiendas, la Nada, la cabaña de Vigilante bajo los dos robles. El miedo le mareó. Respiró hondo, reunió todo su valor, y continuó.

—Ese es —dijo, señalando el hoyo donde había encontrado el tubo dorado. Todavía estaba a unos cincuenta metros, pero Stanley estaba seguro de que aquel era el hoyo correcto. No había necesidad de arriesgarse acercándose más.

Se metieron en hoyos contiguos y esperaron a que el campamento se quedase dormido.

44

Stanley intentó dormir, pues no sabía cuándo volvería a tener otra ocasión. Oyó las duchas y, más tarde, los sonidos de la cena. Oyó chirriar la puerta de la Nada. Tamborileó con los dedos en la pared del hoyo. Oía los latidos de su corazón.

Dio un sorbo de la cantimplora. Le había dado a Zero los tarros de agua. Cada uno tenía una buena provisión de cebollas.

No estaba seguro de cuánto tiempo pasó en el hoyo, tal vez cinco horas. Se sobresaltó al oír el susurro de Zero diciéndole que se despertara. No se había dado cuenta de que se había quedado dormido. Debían de haber sido apenas cinco minutos. Aunque cuando abrió los ojos le sorprendió lo oscuro que estaba.

Solo brillaba una luz en el campamento, la de la oficina. El cielo estaba nublado, así que se veía muy poco. Una luna muy delgada aparecía y desaparecía entre las nubes.

Guió a Zero sigilosamente hasta el hoyo, que le fue difícil localizar en la oscuridad. Se tropezó con un montoncito de tierra.

—Creo que es este —susurró.

—¿Cómo que *crees*? —le preguntó Zero.

—Es este —dijo Stanley, aparentando más certidumbre de la que sentía. Se metió dentro. Zero le pasó la pala.

Stanley clavó la pala en la tierra del fondo y apoyó el pie en la hoja. La sintió hundirse bajo su peso. Sacó una paletada y la arrojó a un lado. Luego volvió a hundir la pala.

Zero le observó durante un rato.

—Voy a intentar rellenar los tarros de agua —dijo.

Stanley respiró hondo y exhaló.

—Ten cuidado —le dijo, y continuó cavando.

Estaba tan oscuro que ni siquiera veía el extremo de la pala. Aunque estuviera sacando del suelo oro y diamantes no se habría dado cuenta. Se acercaba cada paletada a la cara, para ver si había algo, antes de arrojarla fuera del hoyo.

Cuanto más hondo era el hoyo, más difícil era sacar la tierra fuera. Antes de empezar a cavar ya medía metro y medio. Decidió concentrarse en ensancharlo.

Era lo más lógico. Si Kate Barlow había enterrado el cofre del tesoro, probablemente no habría sido capaz de cavar mucho más hondo, así que ¿para qué iba a molestarse?

Aunque, claro, probablemente Kate Barlow tenía toda una banda de ladrones que la ayudaban.

—¿Quieres desayunar?

Stanley dio un respingo al escuchar la voz de Zero. No le había oído llegar.

Zero le pasó una caja de cereales. Con cuidado, Stanley vertió los cereales directamente en su boca. No quería meter las manos sucias dentro de la caja. Estuvo a punto de hacer una arcada al notar aquel sabor tan dulce. Eran copos de trigo cubiertos de azúcar, y después de comer solamente cebollas durante más de una semana, le costaba acostumbrarse al sabor. Los pasó con un trago de agua.

Zero le relevó con la pala. Stanley pasaba los dedos por los montones frescos de tierra, por si acaso se le había escapado algo. Ojalá hubieran tenido una linterna. Un diamante no más grande que un guijarro valdría miles de dólares. Pero no habría forma de verlos en aquella oscuridad.

Se bebieron todo el agua que Zero había traído del grifo de las duchas. Stanley dijo que iría a llenar los tarros otra vez, pero Zero insistió en hacerlo él.

—No te ofendas, pero haces mucho ruido al caminar. Eres demasiado grande.

Stanley volvió al hoyo. Al irse ensanchando, las paredes se derrumbaban. Se estaban quedando sin sitio. Si lo querían hacer más grande, primero tendrían que mover algunos de los montones de tierra de alrededor. Se preguntó cuánto tiempo tendrían antes de que el campamento se despertara.

—¿Cómo va? —le preguntó Zero al volver con el agua.

Stanley encogió un hombro. Clavó la pala en la pared del hoyo, rebanando una capa más. Y al hacerlo, sintió que la pala rebotaba en algo duro.

—¿Qué ha sido eso? —preguntó Zero.

Stanley no lo sabía. Movió la pala de arriba abajo en la pared del hoyo. Y cuando la tierra empezó a desmoronarse, el objeto duro sobresalió aún más.

Estaba a medio metro del fondo. Lo tocó con las manos.

—¿Qué es eso? —preguntó Zero.

Solo tocaba una esquina. La mayor parte estaba todavía enterrado. Tenía al tacto suave y fresco del metal.

—Creo que he encontrado el cofre del tesoro —dijo. En la voz se traslucía más sorpresa que emoción.

—¿En serio? —preguntó Zero.

—Creo que sí —dijo Stanley.

El hoyo era lo bastante ancho para sujetar la pala en posición horizontal y cavar de lado. Sabía que tenía que tener mucho cuidado. No quería que toda la pared se viniera abajo, junto con el enorme montón de tierra que estaba justo encima.

Arañó la pared hasta que se vio un lado entero del objeto, que parecía una caja. Lo recorrió con los dedos. Parecía tener unos veinte centímetros de alto y casi sesenta centímetros de ancho. No sabía cuánto mediría de largo. Intentó sacarlo, pero ni se movió.

Temió que la única manera de sacarlo fuera empezando a cavar desde la superficie hacia abajo. No tenían tiempo para eso.

—Voy a intentar hacer un hoyo por debajo —dijo—. A lo mejor puedo coger la caja por abajo y sacarla de un tirón.

—Venga, inténtalo —dijo Zero.

Stanley clavó con fuerza la pala en la parte inferior de la pared y poco a poco cavó un túnel debajo del objeto metálico. Confió en que no cediera.

De vez en cuando paraba, se agachaba, e intentaba tocar el otro extremo de la caja. Pero incluso con el túnel tan largo como su brazo, no era capaz de llegar al final.

Intentó otra vez sacarla de un tirón, pero estaba firmemente encajada. Tenía miedo de tirar demasiado fuerte y causar un derrumbamiento. Sabía que, cuando llegara el momento de sacarla, tendría que hacerlo rápido, antes de que la tierra que tenía encima la sepultara.

El túnel fue haciéndose más hondo, más ancho y más precario. Stanley tocó una cerradura a un lado de la caja, y luego un asa de cuero. Resultó que no era una caja.

—Creo que podría ser una especie de maleta de metal —le dijo a Zero.

—¿Puedes sacarla haciendo palanca con la pala? —sugirió Zero.

—Me temo que la pared del hoyo se va a derrumbar.

—Yo creo que podrías intentarlo de todas formas —dijo Zero. Stanley dio un sorbo de agua.

—Venga, voy a probar.

Metió la punta de la pala entre la tierra y la parte superior de la maleta de metal e intentó moverla hacia los lados para soltarla. Le habría gustado ver lo que estaba haciendo.

Movió el extremo del mango, de un lado a otro, de arriba abajo, hasta que sintió la maleta ceder. Y luego la tierra caer encima de ella.

Pero no fue un derrumbamiento excesivo. Al agacharse vio que sólo se había caído parte de la tierra que tenía encima.

Cavó con las manos hasta encontrar el asa de cuero, y tiró de la maleta hacia arriba.

—¡La tengo! —exclamó.

Pesaba mucho. Se la pasó a Zero.

—¡Lo has conseguido! —dijo Zero, cogiéndola de sus manos.

—No, lo hemos conseguido *los dos* —dijo Stanley.

Reunió las fuerzas que le quedaban e intentó auparse fuera del hoyo. De repente, una luz cegadora le iluminó la cara.

—Gracias, chicos —dijo Vigilante—. Habéis sido de gran ayuda.

45

EL haz de la linterna se apartó de los ojos de Stanley y cayó sobre Zero, que estaba sentado sobre las rodillas. Tenía la maleta en el regazo.

El señor Peraski sujetaba la linterna. El señor Sir estaba junto a él con la pistola en la mano y apuntando en la misma dirección. El señor Sir iba descalzo y sin camiseta; sólo llevaba los pantalones del pijama.

Vigilante avanzó hacia Zero. También iba con la ropa de dormir, una camiseta muy larga. Pero llevaba puestas las botas.

El señor Peraski era el único que iba completamente vestido. A lo mejor le tocaba hacer guardia aquella noche.

A lo lejos, Stanley vio otras dos linternas que se acercaban hacia ellos en la oscuridad. Se sintió totalmente indefenso dentro del hoyo.

—Chicos, habéis llegado justo en el momento... —empezó a decir Vigilante. Luego, paró de hablar y paró de andar al mismo tiempo. Y retrocedió.

Había un lagarto encima de la maleta. Sus grandes ojos rojos centellearon bajo la luz de la linterna. Tenía la boca abierta, y Stanley vio la lengua blanca moviéndose entre los dientes negros.

Zero estaba inmóvil como una estatua.

Un segundo lagarto avanzó por el lado de la maleta y se detuvo a dos centímetros de su dedo meñique.

Stanley temía tanto mirar como no mirar. Se preguntó si debería intentar salir del hoyo antes de que los lagartos le atacaran, pero no quería llamar la atención.

El segundo lagarto subió por los dedos de Zero hasta la mitad de su brazo.

A Stanley se le ocurrió que probablemente los lagartos ya estarían en la maleta cuando se la había pasado a Zero.

—¡Ahí hay otro! —gritó el señor Peraski. Alumbró la linterna sobre la caja de cereales, tumbada junto al hoyo de Stanley. Había un lagarto saliendo de ella.

La luz también iluminó el hoyo. Miró hacia abajo y tuvo que contenerse para no gritar. Estaba de pie en medio de un nido de lagartos. Sintió un alarido estallando en su interior.

Veía seis animales: tres en el suelo, dos en su pierna izquierda y uno en su zapatilla derecha.

Intentó quedarse muy quieto. Algo estaba andando por su nunca.

Los otros tres monitores se acercaron a la zona. Stanley oyó decir a uno de ellos: «¿Qué pasa?» y luego susurrar: «¡Dios mío!».

—¿Qué hacemos? —preguntó el señor Peraski.

—Esperar —dijo Vigilante—. No durará mucho.

—Al menos tendremos un cadáver para esa mujer —dijo el señor Peraski.

—Va a hacer un montón de preguntas —opinó el señor Sir—. Y esta vez va a traer al FG.

—Déjala que pregunte —dijo Vigilante—. Mientras tenga la maleta en mis manos, no me importa lo que pase. ¿Sabes cuánto tiempo... —se le fue la voz, y volvió a recuperarla—. Cuando era pequeña veía a mis padres cavar hoyos, todos los fines de semana y las vacaciones. Y en cuanto crecí un poco, tuve que cavar también. Incluso el día de Navidad.

Stanley sintió las pequeñas garras clavándose en un lado de su cara. El lagarto estaba subiendo desde su cuello, a través de su barbilla.

—Ya no falta mucho —dijo Vigilante.

Stanley oía los latidos de su corazón. Cada latido le decía que seguía vivo, al menos un segundo más.

46

Quinientos segundos después, su corazón seguía latiendo.

El señor Peraski lanzó un grito. El lagarto que estaba en la caja de cereales había dado un salto hacia él.

El señor Sir disparó.

Stanley sintió las ondas de la detonación en el aire. Los lagartos corrieron en todas direcciones sobre su cuerpo inmóvil. Él no se movió. Un lagarto pasó por encima de sus labios cerrados.

Miró a Zero y sus ojos se encontraron. De algún modo, los dos estaban todavía vivos, al menos un segundo más, un latido más.

El señor Sir encendió un cigarrillo.

—Creía que lo habías dejado —dijo otro de los monitores.

—Sí, bueno, es que a veces las pipas no me quitan el mono —dijo dando una larga calada al cigarro—. Voy a tener pesadillas el resto de mis días.

—Quizá deberíamos darles un tiro y ya está —sugirió el señor Peraski.

—¿A quién? —preguntó un monitor—. ¿A los lagartos o a los chicos?

El señor Peraski lanzó una risotada siniestra.

—Los chicos van a morir de todas maneras —dijo riéndose otra vez—. Al menos tenemos tumbas suficientes para elegir.

—No hay prisa —dijo Vigilante—. Si he esperado tanto tiempo, puedo esperar otras cuantas... —se le fue la voz.

Stanley notó cómo un reptil entraba y salía de su bolsillo.

—Vamos a seguir con nuestra historia —dijo Vigilante—. Esa mujer va a hacer muchas preguntas. El FG probablemente iniciará una investigación. Así que esto es lo que pasó: Stanley intentó escaparse por la noche, se cayó en un hoyo y los lagartos acabaron con él. Ya está. Ni siquiera les entregaremos el cadáver de Zero. A todos los efectos, Zero no existe. Y como ha dicho Mami, tenemos muchas tumbas donde elegir.

—¿Y por qué se iba a escapar si sabía que lo iban a soltar hoy? —preguntó el señor Peraski.

—¿Quién sabe? Está loco. Por eso no pudimos soltarle ayer. Estaba delirando, y tuvimos que vigilarle para que no se hiciera daño a él mismo o a los demás.

—Eso no le va a gustar —dijo el señor Peraski.

—Ninguna historia que le contemos le va a gustar —dijo Vigilante. Se quedó mirando a Zero y a la maleta—. ¿Por qué no estás muerto ya? —le preguntó.

Stanley sólo escuchaba a medias la conversación de los monitores. No sabía quién era «esa mujer», o qué significaba «FG». Ni siquiera se dio cuenta de que eran iniciales. Sonaba como una sola palabra: «efegé». Sus pensamientos estaban concentrados en las pequeñas garras que recorrían su pelo y su piel.

Intentó pensar en otras cosas. No quería morir con las imágenes de Vigilante, el señor Sir y los lagartos grabadas en la mente. Intentó evocar el rostro de su madre.

211

Su cerebro lo transportó a su infancia. Estaba embutido en un traje de nieve. Su madre y él iban caminando de la mano, guante con guante, cuando los dos se resbalaron en una placa de hielo y cayeron rodando por una ladera cubierta de nieve. Terminaron en el fondo. Recordó que estuvo a punto de llorar, pero en vez de hacerlo se echó a reír. Su madre se rió con él.

Sintió la misma alegría que entonces, mareado tras bajar la colina rodando. Sintió el frío punzante contra la oreja. Veía los copos de nieve en la cara resplandeciente y alegre de su madre.

Ahí quería estar cuando muriese.

—Eh, Cavernícola, ¿sabes qué? —le dijo el señor Sir—. Resulta que eres inocente. Pensé que te gustaría saberlo. Tu abogada vino ayer a recogerte. Fue una pena que no estuvieras aquí.

Aquellas palabras no significaban nada para Stanley, que todavía seguía en medio de la nieve. Su madre y él subieron la colina y volvieron a rodar cuesta abajo, esta vez a propósito. Después tomaron chocolate caliente con galletas.

—Ya son cerca de las cuatro y media —dijo el señor Peraski—. Se estarán despertando.

Vigilante les dijo a los monitores que regresaran a las tiendas. Les ordenó que sirvieran el desayuno a los campistas y se asegurasen de que no hablaban con nadie. Si obedecían las órdenes, no tendrían que cavar más hoyos. Si hablaban, serían castigados severamente.

—¿Con qué tipo de castigo les amenazamos? —preguntó uno de los monitores.

—Déjalos que usen la imaginación —dijo Vigilante.

Stanley vio cómo regresaban a las tiendas, dejando solos a Vigilante y al señor Sir. Sabía que a Vigilante no le importaba si los campistas cavaban o dejaban de cavar. Había encontrado lo que estaba buscando.

Miró a Zero. Tenía un lagarto en el hombro.

Zero estaba absolutamente quieto, menos la mano derecha, con la cual poco a poco formó un puño. Luego estiró el pulgar, dándole a Stanley la señal de *okay*.

Stanley pensó en lo que había dicho el señor Sir y en los fragmentos de conversación que había escuchado. Intentó encontrarles sentido. El señor Sir había dicho algo sobre una abogada, pero Stanley sabía que sus padres no tenían dinero para pagar una.

Le dolían las piernas de estar tanto tiempo rígido. Permanecer de pie era más cansado que caminar. Poco a poco se permitió apoyarse contra la pared del hoyo.

A los lagartos no pareció importarles.

AMANECIÓ y el corazón de Stanley seguía latiendo. Había ocho lagartos con él en el hoyo. Cada uno tenía exactamente once pintas amarillas.

Vigilante tenía ojeras por falta de sueño, y arrugas en la frente que parecían exageradas por la brillante luz de la mañana. En la piel se le veían manchas y granitos.

—Satan —dijo Zero.

Stanley le miró, sin saber si había dicho algo o se lo había imaginado él.

—¿Por qué no miras a ver si le puedes quitar la maleta a Zero? —sugirió Vigilante.

—Sí, claro —dijo el señor Sir.

—Es evidente que los lagartos no tienen hambre —dijo Vigilante.

—Pues cógela tú —dijo el señor Sir.

Esperaron.

—Sa-tan li —dijo Zero.

* * *

Un rato después, Stanley vio una tarántula caminando sobre la arena, no muy lejos de su hoyo. Nunca había visto una tarántula, pero no tuvo ninguna duda de que lo era. Por un momento, quedó fascinado por el animal, que avanzaba lentamente sobre sus enormes patas peludas.

—Mira, una tarántula —dijo el señor Sir, también fascinado.

—Nunca había visto una —dijo Vigilante—. Excepto en...

De repente, Stanley sintió un pinchazo en un lado del cuello.

Pero el lagarto no le había mordido. Sólo había utilizado su cuello para tomar impulso.

Saltó desde el cuello de Stanley y cayó sobre la tarántula. Lo último que vio Stanley del animal fue una pata peluda saliendo de la boca del lagarto.

—Conque no tienen hambre, ¿eh? —dijo el señor Sir.

Stanley intentó volver a la nieve, pero con el sol era más difícil transportarse hasta allí.

Al ascender el sol los lagartos se retiraron hacia dentro del hoyo, quedándose principalmente en la sombra. Ya no los tenía en la cabeza y los hombros, sino en el estómago, las piernas y los pies.

No veía ninguno encima de Zero, pero creía que había dos entre sus piernas, protegidos del sol por la maleta.

—¿Qué tal estás? —le preguntó Stanley en voz baja. No susurró, pero la voz le salió seca y rasposa.

—Se me han dormido la piernas —dijo Zero.

—Voy a intentar salir del hoyo —dijo Stanley.

Al intentar salir, aupándose sólo con las manos, sintió una garra clavándose en su tobillo. Con cuidado, volvió a dejarse caer.

—¿Tu apellido es igual que tu nombre pero al revés? —le preguntó Zero.

Stanley lo miró atónito. ¿Había estado pensando en eso toda la noche?

Oyó el ruido de coches acercándose.

El señor Sir y Vigilante también los oyeron.

—¿Serán ellos? —preguntó Vigilante.

—No van a ser las *girl scouts* vendiendo galletitas.

Oyó cómo los coches se detenían y luego las puertas que se abrían y se cerraban. Un poco después vio que el señor Peraski y dos desconocidos se acercaban hacia ellos. Uno era un hombre alto, vestido con traje y un sombrero vaquero. La otra era una mujer de baja estatura que llevaba un maletín. La mujer tenía que dar tres pasos por cada dos del hombre.

—¿Stanley Yelnats? —llamó, adelantándose a los otros.

—Le sugiero que no se acerque más —dijo el señor Sir.

—No puede impedírmelo —saltó ella, y volvió a mirarle de arriba abajo, notando que sólo llevaba el pantalón del pijama—. Te vamos a sacar de aquí, Stanley, no te preocupes —tenía aspecto de hispana, con pelo negro liso y ojos oscuros. Hablaba con un ligero acento mexicano, pronunciando mucho las erres.

—¿Qué demonios? —exclamó el hombre alto al llegar junto a ella. La mujer se volvió hacia él.

—Se lo digo desde ahora, si le ocurre algo, no sólo presentaremos una denuncia contra la señora Walker y el Campamento Lago Verde, sino también contra el estado de Texas. Por maltrato a menores. Encarcelamiento ilegal. Tortura.

El hombre le sacaba más de una cabeza y podía mirar por encima de ella para hablar con Vigilante.

—¿Cuánto tiempo llevan ahí?

—Toda la noche, como puede usted ver por nuestra ropa. Entraron a hurtadillas en mi cabaña mientras dormía y me robaron la maleta. Los perseguí, salieron corriendo y se cayeron en este nido de lagartos. No sé en qué estarían pensando.

—¡Eso es mentira! —dijo Stanley.

—Stanley, como tu abogada te aconsejo que no digas nada —dijo la mujer—, hasta que tú y yo tengamos la oportunidad de hablar en privado.

Stanley se preguntó por qué habría mentido Vigilante sobre la maleta y a quién pertenecería legalmente. Le gustaría preguntárselo a su abogada, si es que realmente era su abogada.

—Es un milagro que sigan con vida —dijo el hombre alto.

—Sí, desde luego —dijo Vigilante, con un rastro de desagrado en la voz.

—Y será mejor que salgan vivos de esta —advirtió la abogada de Stanley—. Esto no habría pasado si me lo hubiera entregado ayer.

—No habría pasado si no fuese un ladrón —dijo Vigilante—. Le dije que hoy lo dejaríamos marchar, y supongo que intentó llevarse algunos de mis bienes. Ha estado delirando toda la semana.

—¿Por qué no lo dejó marchar ayer, cuando se lo pidió la abogada? —preguntó el hombre alto.

—No tenía la autorización apropiada —dijo Vigilante.

—¡Vine con una orden judicial!

—No estaba autentificada —dijo Vigilante.

—¿Autentificada? Estaba firmada por el juez que le sentenció.

—Necesitaba la confirmación del fiscal general —dijo Vigilante—. ¿Cómo sé yo que la orden es legítima? Los chicos que están bajo mi custodia son peligrosos para la sociedad. ¿Se supone que tengo que dejarlos marchar cada vez que alguien me dé un pedazo de papel?

—Sí —dijo la mujer—. Si es una orden judicial.

—Stanley ha estado hospitalizado estos últimos días —explicó Vigilante—. Sufría de alucinaciones y deliraba. Gritaba y desbarraba. No estaba en condiciones de partir. El hecho de que haya intentado robarme justo el día antes de marcharse prueba...

Stanley intentó salir del hoyo, usando solamente las manos para no molestar demasiado a los lagartos. Al auparse, los lagartos se movieron hacia el fondo, evitando los rayos directos del sol. Subió las piernas de golpe y el último reptil volvió al hoyo de un salto.

—¡Gracias a Dios! —exclamó Vigilante. Avanzó hacia él y se detuvo en seco.

Un lagarto salió de su bolsillo y le bajó por la pierna.

Stanley sintió un mareo y estuvo a punto de desmayarse. Recuperó el equilibrio y se agachó, tomó a Zero del brazo y lo ayudó a levantarse despacio. Zero seguía sujetando la maleta.

Los lagartos que estaban escondidos debajo corrieron a refugiarse en el hoyo.

Stanley y Zero se alejaron caminando con dificultad.

Vigilante corrió hacia ellos. Abrazó a Zero.

—Gracias a Dios que estás vivo —le dijo, intentando quitarle la maleta.

Zero tiró de ella.

—Es de Stanley —dijo.

—No causes más problemas —le advirtió Vigilante—. La robasteis de mi cabaña, y os hemos pillado con las manos en la masa. Si os denuncio, Stanley podría volver a prisión. Pero en vista de las circunstancias, estoy dispuesta a...

—Tiene su nombre —dijo Zero.

La abogada de Stanley pasó por delante del hombre para echar un vistazo.

—Mire —dijo Zero—. Stanley Yelnats.

Stanley también miró. Y allí, en grandes letras negras, ponía STANLEY YELNATS.

El hombre alto miró por encima de las cabezas de todos y leyó el nombre en la maleta.

—¿Y dice usted que la robó de su cabaña?

Vigilante la miraba fijamente sin dar crédito a sus ojos.

—Es im... imposss... Es imposss... —ni siquiera era capaz de decirlo.

48

VOLVIERON andando lentamente al campamento. El hombre alto era el fiscal general de Texas, jefe del aparato judicial de ese estado. La abogada de Stanley era la señora Morengo.

Stanley llevaba la maleta. Estaba tan cansado que no podía pensar. Se sentía como si estuviera caminando en un sueño, sin comprender del todo lo que pasaba a su alrededor.

Se detuvieron a la puerta de la oficina. El señor Sir entró para recoger los efectos personales de Stanley. El fiscal general le dijo al señor Peraski que les diera a los chicos algo de comer y de beber.

Vigilante parecía tan confundida como Stanley.

—Si ni siquiera sabes leer —le dijo a Zero.

Zero no dijo nada.

La señora Morengo le puso a Stanley una mano en el hombro y le dijo que aguantase un poco. Vería a sus padres muy pronto.

Era más bajita que él, pero de algún modo daba la sensación de ser muy alta.

El señor Peraski volvió con dos cartones de zumo de naranja y dos bollos redondos. Stanley se bebió el zumo, pero no tenía ganas de comer.

—¡Un momento! —exclamó Vigilante—. Yo no he dicho que robara la maleta. Es *su* maleta, está claro, pero ha metido dentro lo que robó en mi cabaña.

—Eso no es lo que ha dicho usted antes —dijo la señora Morengo.

—¿Qué hay en la maleta? —le preguntó Vigilante a Stanley—. ¡Dinos que hay dentro, y luego la abriremos para comprobarlo!

Stanley no sabía qué hacer.

—Stanley, como tu abogada, te aconsejo que no la abras —dijo la señora Morengo.

—¡Tiene que abrirla! —dijo Vigilante—. Tengo el derecho de examinar los objetos personales de todos los detenidos. ¿Cómo sé que no lleva escondidas drogas o armas? ¡También robó un coche! ¡Tengo testigos! —estaba al borde de la histeria.

—Ya no está bajo su jurisdicción —dijo la abogada.

—Todavía no ha sido puesto en libertad oficialmente —dijo Vigilante—. ¡Abre la maleta, Stanley!

Stanley no se movió.

El señor Sir volvió de la oficina con la mochila y la ropa de Stanley.

El fiscal general le dio un papel a la señora Morengo.

—Eres libre —le dijo a Stanley—. Sé que estás deseando salir de aquí, así que puedes quedarte con el mono naranja como recuerdo. O quémalo, como quieras. Buena suerte, Stanley.

Le ofreció la mano para despedirse, pero la señora Morengo se llevó a Stanley a toda prisa.

—Vamos, Stanley, tenemos mucho de qué hablar.

Stanley se volvió hacia Zero. No podía dejarlo allí.

Zero le hizo la señal de *okay*, con los puños cerrados y los pulgares levantados.

—No puedo dejar a Héctor —dijo Stanley.

221

—Sugiero que nos vayamos —dijo la abogada con cierta urgencia en su tono.

—Estaré bien —dijo Zero. Miró a un lado, al señor Peraski, y al otro, a Vigilante y al señor Sir.

—No puedo hacer nada por tu amigo —dijo la señora Morengo—. A ti te han liberado por orden del juez.

—Lo van a matar —dijo Stanley.

—Tu amigo no corre ningún peligro —dijo el fiscal general—. Va a haber una investigación sobre todo lo que ha pasado aquí. Por el momento, me hago cargo del campamento.

—Venga, Stanley —dijo la abogada—. Tus padres te esperan.

Stanley no se movió. Su abogada suspiró.

—¿Puedo echar un vistazo al expediente de Zero?

—Por supuesto —dijo el fiscal general—. Señora Walker, traiga el expediente de Héctor.

Ella lo miró sin expresión.

—¿A qué espera?

Vigilante se volvió al señor Peraski.

—Tráeme el expediente de Héctor Zeroni.

El monitor la miró sin moverse.

—¡Tráemelo! —le ordenó ella.

El señor Peraski entró en la oficina. Unos cuantos minutos después regresó y anunció que al parecer se había traspapelado.

El fiscal general estaba furioso.

—¿Qué tipo de campamento es este, señora Walker?

Vigilante no dijo nada. Estaba mirando fijamente la maleta. El fiscal general aseguró a la abogada que conseguiría los papeles.

—Discúlpenme un momento mientras hago una

222

llamada a mi oficina —se volvió hacia Vigilante—. Supongo que el teléfono funcionará.

Entró en la oficina, cerrando tras de sí de un portazo. Un poco después apareció y le dijo a Vigilante que quería hablar con ella.

Ella soltó una palabrota y entró.

Stanley le hizo a Zero la señal de *okay*.

—¿Cavernícola? ¿Eres tú?

Se dio la vuelta y vio a Sobaco y Calamar que salían de la Nada. Calamar metió la cabeza dentro de la sala y gritó:

—¡El Cavernícola y Zero están aquí!

En un momento todos los chicos del Grupo D rodearon a Stanley y a Zero.

—Me alegro de verte, tío —dijo Sobaco, dándole la mano—. Pensábamos que te habrían comido los buitres.

—Stanley ha sido puesto en libertad —anunció el señor Peraski.

—¡Así se hace! —dijo Imán, dándole una palmada en el hombro.

—Y ni siquiera has tenido que pisar una serpiente de cascabel —dijo Calamar.

Incluso Zigzag vino a darle la mano.

—Siento mucho lo de..., bueno, ya sabes.

—No pasa nada —dijo Stanley.

—Tuvimos que sacar el camión a pulso —le dijo Zigzag—. Hicieron falta todos los de los grupos C, D y E. Lo sacamos por el aire.

—Fue chulísmo —dijo Tic.

Rayos X fue el único que no se acercó. Stanley lo vio un momento detrás de los otros, luego volvió a la Nada.

—¿Sabes qué? —dijo Imán, mirando de medio

223

lado al señor Peraski—. Mami dice que ya no tenemos que cavar más hoyos.

—Genial —dijo Stanley.

—¿Me haces un favor? —dijo Calamar.

—Supongo —dijo Stanley, sin que sonara muy convencido.

—Me gustaría que... —se volvió a la señora Morengo—. Oiga, señora, ¿me presta un boli y un papel?

Ella se lo dio y Calamar escribió un número de teléfono.

—Llama a mi madre de mi parte, ¿vale? Dile... Dile que lo siento mucho. Dile que dice *Alan* que lo siente mucho.

Stanley le prometió que lo haría.

—Ahora ten cuidado en el mundo real —le dijo Sobaco—. Toda la gente no es tan agradable como nosotros.

Stanley sonrió.

Los chicos se despidieron cuando Vigilante salió de la oficina. El fiscal general venía justo detrás de ella.

—Mi oficina está teniendo algunas dificultades para localizar el expediente de Héctor Zeroni —dijo el fiscal general.

—¿Así que no tiene ninguna autoridad sobre él? —preguntó la señora Morengo.

—Yo no he dicho eso. Aparece en el ordenador. Pero no podemos entrar en su expediente. Es como si se hubiera caído por un hoyo del ciberespacio.

—Un hoyo del ciberespacio —repitió la señora Morengo—. Qué interesante. ¿Y en qué fecha es el cumplimiento de su condena?

—No lo sé.

—¿Cuánto tiempo lleva aquí?

—Como le he dicho, no podemos...

—¿Y cuáles son sus planes respecto a él? ¿Mantenerlo detenido indefinidamente, sin justificación, mientras recorre usted los agujeros negros del ciberespacio?

El fiscal general la miró sorprendido.

—Es evidente que lo encarcelaron por alguna razón.

—¿Sí? ¿Y qué razón es ésa?

El fiscal general no respondió.

La abogada de Stanley cogió a Zero de la mano.

—Vamos, Héctor; te vienes con nosotros.

49

En Lago Verde no había lagartos de pintas amarillas. No llegaron a la zona hasta que se secó el lago. Pero la gente del pueblo había oído hablar de los «monstruos de ojos rojos» que vivían en las colinas del desierto.

Una tarde, Sam, el vendedor de cebollas, y su burra Mary Lou se dirigían hacia su barca que estaba anclada cerca de la orilla. Era a finales de noviembre y los melocotoneros habían perdido casi todas la hojas.

—¡Sam! —llamaron.

Sam se giró y vio a tres hombres que corrían hacia él, agitando sus sombreros. Los esperó.

—Buenas tardes, Walter, Bo, Jesse —saludó cuando llegaron sin aliento hasta él.

—Menos mal que te encontramos —dijo Bo—. Vamos a cazar serpientes de cascabel mañana temprano.

—Queremos llevarnos un poco de tu zumo para lagartos —dijo Walter.

—Las serpientes no me asustan un pelo —dijo Jesse—. Pero no me gustaría toparme con uno de esos monstruos de ojos rojos. Una vez vi uno y con eso tengo bastante. Sabía lo de los ojos rojos, claro. Pero no me habían dicho nada de los enormes dientes negros.

—A mí lo que me aterra es la lengua blanca —dijo Bo.

Sam les dio dos botellas a cada uno de jugo de cebolla puro. Les dijo que se bebieran una botella antes de acostarse aquella noche, media por la mañana y la otra media a la hora de comer.

—¿Estás seguro de que funciona? —preguntó Walter.

—Hacemos una cosa —dijo Sam—. Si no funciona, me la traes la semana que viene y te devuelvo el dinero.

Walter miró alrededor confundido, y Bo y Jesse se echaron a reír. Sam también se rió e incluso Mary Lou dejó escapar uno de sus escasos rebuznos.

—Que no se os olvide —les dijo Sam antes de que se marcharan—. Es muy importante que bebáis una botella esta noche. Tiene que entrar en la sangre. A los lagartos no les gusta la sangre de cebolla.

Stanley y Zero iban en el asiento trasero del BMW de la señora Morengo. Llevaban la maleta entre los dos. Estaba cerrada, y decidieron esperar a que la abriera el padre de Stanley en su taller.

—No sabes lo que hay dentro, ¿verdad? —preguntó la mujer.

—No —dijo Stanley.

—Eso me ha parecido.

El aire acondicionado estaba puesto, pero iban con las ventanillas bajadas también, porque «No os lo toméis a mal, chicos, pero apestáis».

La señora Morengo les explicó que era abogada de patentes.

—Estoy ayudando a tu padre con el nuevo producto que ha inventado. Un día por casualidad mencionó tu situación, así que me puse a investigar un poco. Las zapatillas de Clyde Livingston fueron robadas antes de las tres y cuarto. Encontré a un joven, Derrick Dunne, que me dijo que a las tres y veinte estabas en los servicios pescando tu cuaderno del retrete. Dos chicas recuerdan haberte visto salir del servicio de chicos con un cuaderno mojado.

Stanley se puso rojo. A pesar de todo lo que había vivido, seguía avergonzándole recordar el incidente.

—Así que era imposible que las hubieras robado tú —dijo la señora Morengo.

—Él no las robó. Fui yo —explicó Zero.

—¿Qué? —preguntó la señora Morengo.

—Que yo robé las zapatillas.

La abogada se dio la vuelta para mirarlo sin dejar de conducir.

—No he oído nada —dijo—. Y te aconsejo que te asegures de que no lo vuelva a oír.

—¿Qué ha inventado mi padre? —preguntó Stanley—. ¿Encontró la forma de reciclar zapatillas viejas?

—No, todavía sigue trabajando en eso —explicó la señora Morengo—. Pero ha inventado un producto que elimina el olor de pies. Mira, tengo una muestra en mi maletín. Ojalá tuviera más. Os vendría muy bien a los dos daros un baño con ella.

Abrió el maletín con una mano y les pasó una pequeña botella. Tenía un aroma fresco y fragante. Stanley se la dio a Zero.

—¿Cómo se llama? —preguntó Stanley.

—Todavía no se nos ha ocurrido un nombre —respondió la señora Morengo.

—El olor me recuerda a algo —dijo Zero.

—A melocotones, ¿verdad? —sugirió la señora Morengo—. Es lo que dice todo el mundo.

Al cabo de un rato los dos chicos se durmieron. A sus espaldas el cielo se había oscurecido, y, por primera vez en más de cien años, cayó una gota de lluvia en el lago desierto.

TERCERA PARTE

RELLENANDO HOYOS

L<small>A</small> madre de Stanley insiste en que la maldición nunca existió. Incluso duda de que el tatarabuelo de Stanley llegara a robar un cerdo. Sin embargo, al lector podría interesarle saber que el padre de Stanley inventó su remedio contra el olor de pies el día después de que el tataranieto de Elya Yelnats subiera a cuestas una montaña entera al tataranieto de *madame* Zeroni.

El fiscal general cerró el Campamento Lago Verde. La señora Walker, que necesitaba dinero desesperadamente, tuvo que vender los terrenos que habían pertenecido a su familia durante generaciones. Lo compró una organización nacional dedicada al bienestar de las niñas. Al cabo de unos años, el Campamento Lago Verde se convirtió en un campamento de señoritas: las *girl scouts*.

Y más o menos aquí se acaba la historia. Seguramente al lector le quedan algunas preguntas, pero por desgracia, de ahora en adelante, las respuestas tienden a ser largas y aburridas. Aunque a la señora Bell, la antigua profesora de Matemáticas de Stanley, le gustaría saber el cambio porcentual en el peso de Stanley, al lector probablemente le interesen más los cambios en su carácter y en su seguridad en sí mismo. Pero esos cambios son sutiles y difíciles de medir. La respuesta no es sencilla.

Incluso el contenido de la maleta resultó ser un tanto aburrido. El padre de Stanley la abrió en su taller, y al principio todos se quedaron boquiabiertos por el brillo de las joyas. Stanley pensó que Héctor y él se habían hecho millonarios. Pero las joyas eran de mala calidad, con un valor en torno a los veinte mil dólares.

Debajo de las joyas había un fajo de papeles que pertenecieron al primer Stanley Yelnats. Eran certificados de bolsa, títulos de propiedad y pagarés. Se leían con dificultad y se entendían todavía peor. El bufete de la señora Morengo dedicó más de dos meses a estudiarlos uno por uno.

Resultaron ser mucho más valiosos que las joyas. Después de pagar los costes legales y los impuestos, Stanley y Zero recibieron menos de un millón de dólares cada uno.

Pero no mucho menos.

Stanley tuvo bastante para comprar una casa nueva a su familia, con un laboratorio en el sótano, y Héctor pudo contratar un equipo de detectives privados.

Pero sería muy aburrido contar los detalles de todos los cambios que ocurrieron en sus vidas. En vez de eso, se presentará al lector una escena final, que tuvo lugar casi un año después de que Stanley y Héctor salieran del Campamento Lago Verde.

Los demás hoyos de esta historia tendrás que rellenarlos tú mismo.

En la casa de los Yelnats se celebraba una pequeña fiesta. Menos Stanley y Héctor, los demás eran todos adultos. En la mesa había todo tipo de aperitivos y bebidas, incluyendo caviar, champán y helado de vainilla con chocolate caliente.

Estaban televisando un partido de fútbol americano, pero nadie atendía.

—Debería salir en el próximo descanso —dijo la señora Morengo.

En el partido pidieron un tiempo muerto y apareció un anuncio en la pantalla.

Todo el mundo dejó de hablar y prestó atención.

El anuncio transcurría en un campo de béisbol. En medio de una nube de polvo, Clyde Livingston se lanzó a la última base mientras el *catcher* cogía la bola e intentaba tocarle para eliminarlo.

—¡Carrera! —gritó el árbitro haciendo la señal con los brazos.

En casa de Stanley todos gritaron de alegría, como si la carrera fuera de verdad.

Clyde Livingston se levantó sacudiéndose el polvo del uniforme. De camino al banquillo, se dirigió a la cámara.

—Hola, soy Clyde Livingston, pero todo el mundo me llama «Pies Dulces».

—¡Así se hace, Pies Dulces! —dijo otro jugador chocándole la mano.

Además de estar en la tele, Clyde Livingston estaba sentado en el sofá junto a Stanley.

—Pero mis pies no siempre fueron dulces —decía el Clyde Livingston de la pantalla mientras se sentaba en el banquillo—. Antes olían tan mal que nadie quería sentarse a mi lado.

—La verdad es que apestaban —dijo la mujer sentada en el sofá al otro lado de Clyde. Se tapó la nariz con una mano y con la otra hizo como que se abanicaba.

Clyde la mandó callar.

—Hasta que un compañero del equipo me habló del *Sploosh* —dijo el Clyde de la pantalla. Sacó un bote de *Sploosh* de debajo del banquillo y lo sostuvo en alto para mostrarlo a la cámara—. Todas las mañanas me echo un poquito y ahora sí que tengo pies dulces. Y, además, el cosquilleo me encanta.

—*Sploosh* —decía una voz—. Un regalo para sus pies. Hecho con ingredientes naturales, neutraliza los hongos y bacterias causantes del mal olor. Y, además, le encantará el cosquilleo.

Todos aplaudieron a rabiar.

—No era mentira —dijo la mujer sentada junto a Clyde—. Ni siquiera se podía estar en la misma habitación que sus calcetines.

Los demás se rieron. La mujer continuó:

—No es broma. Era tan horrible que...

—Vale, ya está bien —dijo Clyde, tapándole la boca con la mano—. ¿Me haces un favor, Stanley?

Stanley encogió el hombro izquierdo.

—Voy por más caviar —dijo Clyde—. Pon la mano en la boca de mi esposa.

Le dio una palmadita en el hombro al levantarse del sofá.

Stanley se miró la mano sin sabe qué hacer, y luego a la mujer de Clyde Livingston.

Ella le guiñó el ojo.

Se puso colorado y se volvió hacia Héctor, que estaba sentado en el suelo delante de un sillón.

Sentada detrás de Héctor había una mujer, atusándose el pelo distraída. No era muy mayor, pero tenía la piel gastada, como si fuese cuero. Sus ojos parecían cansados; tal vez hubieran visto demasiadas cosas que no querían ver. Y cuando sonreía, su boca parecía demasiado grande para su cara.

Muy suavemente, estaba medio cantando medio tarareando una tonada que su abuela solía cantarle cuando era pequeña:

«*Ojalá, ojalá*», *pero la luna calla;*
solo refleja el sol y todo lo que fue.
«*Sé fuerte, mi lobito, sé duro en la batalla.*
Vuela mi pajarillo,
mi ángel, mi bien.»

ÍNDICE

Si te ha gustado este libro, también te gustarán:

La madre tatuada, de Jacqueline Wilson

El Barco de Vapor (Serie Roja), núm. 128

Marigold no es una madre corriente y no le gustan las cosas que le gustan a las madres corrientes. Ella prefiere tatuarse la piel y ponerse ropa extravagante. A Dolphin le gusta cocinar tartas con su madre y reírse juntas y sentir que ella la abraza. A Star también le gusta todo eso, pero a veces se enfada y cierra la puerta de su habitación a cal y canto...

Los hermanos Bravo, de Ignacio Martínez de Pisón

El Barco de Vapor (Serie Roja), núm. 133

Los padres de los hermanos Bravo regentaban un hostal de carretera. Desde la construcción de la autovía apenas pasaba nadie por allí. Pero un día llegó un hombre moreno con una estrella tatuada en el antebrazo izquierdo y un Alfa Romeo ¡tremendo! Juan, Rafa y Eduardo ni siquiera habían imaginado subirse a un coche como aquel. Y, sin embargo, se subieron y alcanzaron los ciento ochenta...

Una fuga y una mentira, de Tim Wynne-Jones

Gran Angular, núm. 219

Cuando Burl se encuentra a un hombre excéntrico comiendo galletas y dirigiendo una orquesta imaginaria, toda su vida cambia de repente. El chico va huyendo de una vida que no puede soportar más, y el músico busca la calma para componer.

¡Déjate caer por un portal para gente como tú!
fueradeclase.com